# Tu rêves encore

Du même auteur
aux Éditions J'ai lu

Dis-moi quelque chose, *J'ai lu* 6968

# GUILLAUME
# *LE TOUZE*

## Tu rêves encore

NOUVELLE
GENERATION

# PREMIÈRE PARTIE

Seul, impossible d'en douter, il est absolument seul. Cela doit faire trois minutes maintenant qu'il a fermé les yeux pour se reposer et il continue d'avancer droit devant lui. La dernière fois qu'il a soulevé les paupières, il a évalué sa trajectoire pour un petit moment, pas d'obstacle, pas de précipice, il pouvait continuer à l'aveugle, d'une foulée régulière pendant cinq bonnes minutes. Il sait que le temps n'est pas écoulé mais, déjà, sa confiance en son jugement s'est émoussée et, malgré la lumière qu'il sait éblouissante, il ouvre un œil.

Autour de lui tout est blanc et glacé. Il y a encore quelques heures, il aurait été incapable de discerner les nuances de courbes et de tonalité qu'il perçoit maintenant avec netteté. Là-bas, la pente semble s'incliner vers l'autre versant, la lumière est plus forte, peut-être est-ce la clarté d'un vallonnement invisible. Beaucoup plus bas, sur sa gauche, les ondulations régulières dissimulent sans doute un massif de sapins. La meilleure solution consiste à monter jusqu'au sommet de l'escarpement dans l'espoir d'y découvrir un point de vue pour s'orienter. Comme la veille, la tempête de neige s'est calmée pour mieux laisser le crépuscule barbouiller le ciel de braises incandescentes. La neige tombe en petits flocons, ils s'accrochent sur la gangue givrée qui recouvre les vêtements de l'homme. Il a entre trente et quarante ans, sa silhouette élancée s'affaisse sur ses bâtons de ski. Il lutte contre le froid depuis plus de vingt-quatre heures et sa trajectoire trahit son épuisement.

A l'aube, suspendu entre la vie et la mort, il s'était accordé une fraction de seconde pour entretenir l'illusion qu'il était encore libre de décider. Il pouvait laisser le froid engourdir lentement son corps, ralentir son cœur jusqu'à l'arrêt final, ou alors il devait agiter les jambes et les bras, sans perdre de temps. Il s'était entrevu en mammouth congelé, spécimen de curiosité pour les générations à venir, et avait vite entrepris de se lever. Quelque chose de végétal circulait dans ses muscles, la vie était encore là mais déjà transformée en une substance inconnue. Il n'avait plus rien à manger, ses derniers morceaux de sucre lui avaient tenu lieu de dîner, c'était peut-être ce qui lui avait permis de s'endormir quelques heures et, miracle, son estomac l'avait réveillé à temps, juste avant que le froid entreprenne la phase irréversible de son œuvre.

Quand le ciel avait commencé à s'assombrir, il avait cherché un abri pour la nuit. Il s'était accroché à l'espoir enfantin de découvrir, au milieu de l'immensité désespérément blanche, un petit chalet à demi enterré. Il avait scruté l'horizon à s'en brûler les yeux mais il avait fallu se rendre à l'évidence, il n'y avait rien. Pris de panique, il s'était mis à avancer plus vite et avait bientôt repéré une petite crête qui émergeait à peine dans l'uniformité du paysage. En s'approchant, il avait découvert les crevasses que le vent avait formées en arasant les rochers. L'homme s'était glissé entre la paroi rocheuse et l'épaisseur de neige. Mais son refuge était à ciel ouvert et, à l'aube, le vent l'avait chassé.

L'homme garde les yeux ouverts. En approchant du sommet de l'escarpement, il formule en silence une incantation qui n'a de sens que pour lui. Contrairement à ce qu'il attendait, il ne se trouve pas au-dessus d'une vallée profonde, rendue inaccessible par une falaise verticale. A quelques mètres seulement, s'étend une clairière en pente douce que borde une forêt de sapins. La crête doit avoir protégé ce versant du vent car la couche de neige est moins épaisse et l'homme découvre, protégée par une congère aux formes rassurantes, une petite cabane en rondins dont le toit dépasse encore.

Un accès à la porte a été creusé, une sorte de tunnel descend vers l'ouverture. L'homme déchausse ses skis et, comme un vieil ours de cirque, s'enfonce jusqu'aux genoux dans la poudreuse. Il pousse le battant de bois qui pivote en silence. À l'intérieur il fait noir, l'homme ne voit pas qu'il est perché sur une haute marche de neige tassée, il bascule et tombe à plat ventre sur la terre battue. Il n'a plus la force de se relever mais un éclair de lucidité le pousse encore à donner un coup de talon dans la porte pour la fermer. Un faible halo lumineux parvient de deux fenêtres obstruées. L'endroit est plus grand qu'il n'y paraissait. Une grosse cheminée occupe l'un des murs mais il n'y a plus de bois. L'homme rampe vers des planches alignées jusqu'au toit comme d'immenses étagères. Il parvient à se hisser sur la première couchette pour s'isoler du sol. Le froid est moins violent qu'à l'extérieur, il s'enroule dans des sacs de toile oubliés là et s'endort.

Roland emprunte la route forestière qui mène au col. Les chenillettes attaquent la neige avec voracité et, parfois, un lièvre détale. Roland n'a pas l'habitude d'avoir des passagers, la cabine étroite n'est pas conçue pour ça. Il a voulu rendre service à Loïc Lescorf, le douanier, se disant qu'il valait mieux l'avoir dans sa poche mais, même s'il est silencieux, sa présence debout à ses côtés gâche un peu le plaisir de Roland. Il n'aura pas le loisir de tirer un ou deux lièvres au passage et rentrera les mains vides à la maison. Heureusement qu'ils en ont quelques-uns au congélateur. Le braconnage, c'est du ressort du garde champêtre, mais on ne sait jamais, les douanes sont peut-être de mèche avec lui, et puis il n'a pas trop intérêt à attirer l'attention de Lescorf sur son cas dans la mesure où, parfois, un colis l'attend au pied d'un arbre à la limite d'une coupe de bois. C'est Martine qui écoule les paquets de cigarettes au bureau et tout le monde y trouve son compte.

En haut, c'est la fin du domaine skiable et Lescorf continuera à pied vers la frontière suisse. La répression de la contrebande lui a récemment demandé de renforcer la surveillance sur son secteur. Roland fait demi-tour dans la clairière qui matérialise la fin de la forêt domaniale, il saute de la cabine et, à l'arrière de la machine, il abaisse les formes en fonte utilisées pour le traçage des pistes. Loïc Lescorf prend ses skis dans la nacelle, il serre la main de Roland avant d'enfiler ses grosses moufles en élan et s'éloigne vers la crête. Roland s'apprête à remettre les gaz. Avant d'attaquer la descente, il regarde un instant Lescorf disparaître dans la neige et se laisse presque attendrir par le côté dérisoire de la mission du douanier.

Loïc avance d'une foulée régulière et puissante, tous ses muscles sont en mouvement, la transpiration imprègne déjà ses sous-vêtements, formant une fine pellicule de chaleur à la surface de sa peau. Il pense à ses copains de promotion qui travaillent dans un bureau sombre et poussiéreux, avec en bruit de fond le vacarme incessant des conteneurs qu'on charge et décharge. La vie de Loïc est bien différente, son secteur est devenu son petit royaume, il commence à en connaître les moindres recoins. Aujourd'hui, à défaut des contrebandiers qu'il cherche plutôt mollement, il croisera peut-être un cerf, un sanglier ou observera le vol d'une buse. Lors de son premier stage d'été effectué dans une brigade maritime entre Moëlan et Beg-Meil, il avait parcouru à pied les chemins en bordure de falaise sans voir un seul bateau suspect approcher mais, son guide ornithologique à portée de main, il avait identifié un nombre impressionnant de cormorans, de fous de Bassan, d'avocettes et de goélands argentés. Pour le moment, Loïc ne repère aucune trace dans la neige immaculée, le secteur a l'air calme. Il va quand même pousser jusqu'à la cabane des forestiers. Située à quelques mètres de la frontière et abandonnée l'hiver, elle pourrait constituer un repaire stratégique, c'est en tout cas ce qu'il indiquera dans son rapport. Depuis un mois, il y fait halte pour se faire un thé.

En approchant, Loïc remarque des traces dans la neige et finit par voir une paire de skis plantée non loin de l'entrée. Il ralentit, pose son sac à dos en silence et sort sa lampe torche.

Loïc reste prudemment sur le pas de la porte et promène le faisceau lumineux d'un côté à l'autre de la pièce. Un corps est recroquevillé sur l'une des couchettes. Il s'approche, l'homme est enfoui dans de vieux sacs, il dort. Loïc ressort chercher ses affaires. Il dégage le tas de bois avec une pelle et rapporte des rondins pour faire du thé.

Il essaie plusieurs fois de secouer l'inconnu mais ne parvient pas à le réveiller. Il le tourne sur le côté, jambes repliées, et l'enroule dans sa couverture de survie. L'homme a une respiration caverneuse et ses lèvres sont bleues. Loïc le redresse un peu pour tenter de le faire boire. Il s'est assis près de lui sur la couchette et a posé son buste contre son ventre en le tenant sous les aisselles. Brusquement, incapable de lutter contre l'émotion qui le submerge Loïc se met à pleurer en silence. Il fait sombre, le feu donne aux murs des reflets orangés, la surface brillante de la couverture réfléchit le tremblement des flammes sur son visage. Dans la cabane, la température remonte un peu.

De grosses larmes roulent le long des joues de Loïc, des sanglots réguliers secouent le haut de son ventre. Jonathan était toujours appuyé ainsi contre lui pour manger. Quand il avait faim, il tendait ses deux petites mains pour qu'il le prenne dans ses bras. Loïc le soulevait, faisait l'avion un court instant, juste pour le plaisir d'entendre son rire et l'installait sur ses genoux. Une fois les premières cuillerées avalées avec avidité, Jonathan se calmait, leurs respirations s'accordaient. Laure n'était jamais loin, occupée à sa machine, piquant une robe qu'elle devait livrer le lendemain ou assise devant la cheminée, achevant de coudre à la main une doublure ou un ourlet. Le bonheur était alors quelque chose de simple, sans arrière-pensée. Désormais, il sait que tout peut s'arrêter violemment en plein milieu d'une phrase, que la vie génère toujours de l'inachevé, qu'elle gaspille forcément ce que l'amour sait adoucir.

Loïc rajoute encore des sucres, le contenu de la tasse devient sirupeux mais l'homme semble reprendre conscience, il pèse un peu moins lourd contre Loïc. L'inconnu essaie de parler, sa bouche se tord dans tous les sens, Loïc approche son visage pour comprendre ce qu'il va dire.

"Manger… Manger…"

Roland arrête sa machine au milieu de la forêt, impossible de résister. Un gros lièvre le nargue, c'est trop tentant. En théorie, il n'a pas le droit d'interrompre le traçage, le domaine skiable doit être impeccable et les skieurs ne manquent pas de déposer des réclamations si ce n'est pas le cas. Même pas la possibilité de pisser en route, il faut y penser avant. Roland coupe le moteur et épaule. Le lièvre se dirige vers un rocher derrière lequel il va disparaître, Roland tire. La bête fait un dernier bond, un peu plus lent que les autres, plus aérien, et retombe les oreilles bien droites au-dessus du crâne comme étonné d'être mort. Au moment où Roland piétine la neige pour effacer les traces de sang, son téléphone se met à sonner dans la cabine. Il court aussi vite que possible. Redoutant un appel du bureau, il remet le moteur en marche avant de gueuler dans le micro mais, le temps de tourner la clé de contact, les sonneries se sont interrompues. Roland fait marche arrière. C'est une manœuvre subtile, il s'agit de remettre la fonte dans les traces, il faut viser juste. Il saute de la cabine et finit d'ajuster la fonte à la main. La sonnerie retentit de nouveau. Ce n'est pas le bureau et, en plus, il va devoir faire demi-tour. Il commence à sérieusement l'emmerder, Lescorf, aujourd'hui. Évidemment, il ne peut pas le lui dire, c'est un cas de force majeure, il est bien obligé de remonter. Roland jette quand même un œil à sa jauge pour être sûr qu'ils ne vont pas tous rester en rade au milieu de la forêt. Il a encore un demi-réservoir, c'est plus que suffisant. Après avoir pris la précaution de cacher le lièvre et le fusil sous la banquette, Roland redémarre.

Loïc doit emmener l'homme jusqu'à la route forestière huit cents mètres plus bas pour le hisser à bord du véhicule de traçage. Il attache autour de sa taille un brancard de fortune et s'élance dans la poudreuse. Lorsqu'il arrive en vue de la route, Roland est déjà là.

Il fait nuit, derrière le syndicat d'initiative, le gyrophare du véhicule à chenillettes balaie le champ de neige. Le médecin les attend à côté de la baraque, emmitouflé dans son gros anorak rouge, tapant des pieds pour se réchauffer. Ils extraient l'homme avec précaution et l'allongent sur le sol de la cabane pour l'examiner. Le chauffeur de la traceuse est reparti mais le douanier est là, debout près du médecin, il attend un diagnostic.

L'inconnu présente évidemment des signes de fatigue mais sa tension n'est pas alarmante et le rythme cardiaque est bon. Il n'y a aucune raison de l'hospitaliser. Le médecin lui fait une injection et lui ordonne du repos. L'homme répond aux questions d'une voix presque normale bien qu'encore faible. Il s'est perdu à ski, il a passé une nuit dans la neige. Il réside à l'hôtel, dans l'autre vallée. Le médecin interroge Lescorf du regard. Par la vitre, ils observent la neige qui s'est mise à tomber à gros flocons. On ne voit plus à cinq mètres, ce n'est pas le moment de prendre la voiture pour le raccompagner à cinquante kilomètres de là.

"Vous pouvez le prendre chez vous? Honnêtement, vous n'avez rien à craindre, il ne présente aucun signe alarmant, il faut seulement qu'il dorme et qu'il boive beaucoup…"

Loïc est assis devant la cheminée, son protégé dort toujours, il vient d'aller vérifier. Tout à l'heure, il l'a déshabillé rapidement avant de le mettre au chaud sous la couette. Il s'est laissé faire, leurs regards se sont croisés, il y avait quelque chose de troublant dans son abandon, la façon dont il livrait son corps épuisé aux mains de son sauveur. Une fois à l'abri dans le grand lit, il a bu presque entièrement la bouteille d'eau que Loïc lui tendait et il lui a souri avant de sombrer dans le sommeil. Ses lèvres se sont retroussées sur ses dents blanches bien implantées et de petites rides se sont creusées au coin de ses yeux, dans un sourire tendre et inoffensif, désarmant.

Loïc constate qu'il se sent bien comme ça ne lui était pas arrivé depuis longtemps. Il s'étire, pose ses pieds sur la margelle de la cheminée, attrape son verre et laisse le fond d'alcool dilué par les glaçons fondus couler doucement dans sa gorge. Il aime être seul dans le silence de ses pensées avec, quelque part dans la maison, quelqu'un qui vit à un autre rythme, qui n'empiète pas sur son territoire tout en lui permettant de se sentir utile. Il aurait voulu vieillir avec Laure. Ils se seraient parlé de moins en moins, croisés de plus en plus mais, loin d'avoir perdu quelque chose de leur histoire, ç'aurait été au contraire un peu plus de fusion et d'évidence gagnées, un accord tacite sur les grandes lignes qui leur aurait permis de passer des journées entières chacun à un bout de la maison, de manger en silence et de goûter le bonheur inégalable d'être sûrs de s'aimer et de ne s'être pas trompés en décidant d'avancer côte à côte jusqu'au bout de la vie.

Loïc est réveillé par le froid. Il est allongé en travers du canapé, son plaid a glissé sur le sol et, devant lui, les braises s'assombrissent en silence. Sa chambre est la seule qui soit chauffée l'hiver, il se lève pour rejoindre son lit et referme la porte derrière lui. Contrairement à ce qu'il imaginait, son invité n'a pas pris toute la place, il est sagement blotti d'un côté, comme s'il avait prévu que Loïc allait le rejoindre. Loïc profite un instant de la chaleur de la chambre, son corps se détend, il se déshabille mais, au moment d'enlever son slip, il se ravise et le garde. Il s'assied au bord du matelas et regarde l'homme endormi dans son lit. La situation le fait sourire, il s'apprête à passer la nuit avec un inconnu complètement nu et, histoire de sauver les apparences, il a pris la précaution de garder un sous-vêtement. Ça a quelque chose de ridicule et de troublant à la fois. Loïc se couche en prenant garde de ne pas toucher le corps de son protégé et s'endort dans une douce sérénité qui, d'ailleurs, le surprend.

L'homme est tout contre Loïc, il sent sa cuisse contre la sienne, il lui a posé une question.

"Ah?... Oui, c'est la porte à gauche de la cheminée."

L'inconnu se lève et s'enroule dans le dessus-de-lit. Loïc a le temps de détailler son corps nu. Il ne peut s'empêcher de sourire à l'idée qu'ils ne sont plus, ni l'un ni l'autre, des apollons. Comme lui, il a un petit ventre et sa taille est un peu enfouie sous une couche de chair molle, ses jambes sont plutôt courtes.

Loïc, qui venait de se rendormir, est de nouveau réveillé. Un pied glacé frôle son mollet.

"Je peux te poser une question? Je ne me souviens plus très bien de ce que je fais là, dans ton lit...

— Tu as un nom?

— Je m'appelle Marc.

— Ma chambre est la seule pièce chauffée de la maison en hiver, après ce que tu as vécu, je ne voyais pas d'autre endroit où t'installer.

— Tu m'as sauvé la vie, c'est ça?

— Si tu veux, oui."

Marc se rallonge et, rassuré, se rendort instantanément. Loïc se lève et s'habille chaudement. Il sort de la chambre, allume un feu dans la cheminée et met en route la cuisinière à bois.

Quand Marc se réveille, il trouve Loïc perdu dans la contemplation de son bol de café.

"Il y a de la soupe sur la cuisinière, si tu veux.

— Peut-être que je devrais y aller. Je ne vais pas abuser…

— Mange, tu verras bien après."

Loïc l'a à peine regardé en parlant, il garde la tête baissée sur son bol. Marc s'assied face à lui sur le gros banc en chêne et Loïc lui sert du café. Puis, brusquement, il se redresse, croise les bras et le dévisage en souriant.

"Bien dormi?

— Oui… Je suis désolé de t'avoir donné tant de souci… En plus je t'ai obligé à partager ton lit.

— Ce n'est pas un drame."

Loïc le regarde toujours fixement, un sourire illumine progressivement son visage. Marc rougit un peu et baisse les yeux.

"Tu te sens d'attaque?

— Oui, ça va mieux.

— Prêt pour une petite course en montagne? Je ne travaille pas aujourd'hui, je t'emmène."

Marc se demande comment il pourrait rentrer à l'hôtel sans obliger Loïc à le raccompagner. Il faudrait qu'il se renseigne sur les horaires de bus. Mais il se détend et regarde la pièce autour de lui. Il fait chaud, il se sent bien, personne ne l'attend nulle part.

"D'accord, je te suis…"

— Un homme intelligent ne part pas comme vous l'avez fait.

C'est avec ces mots que la mère de Christine avait accueilli son gendre sur le perron de son pavillon. A la façon dont elle tenait le battant de la porte serré contre les bourrelets de son corps, Marc avait compris qu'elle ne le laisserait pas passer. Elle avait juste daigné lui faire savoir que Christine et Chloé étaient chez elle et qu'elles y resteraient un moment. Marc avait dû se faire violence pour ne pas écraser dans l'entrebâillement son gros visage bouffi de suffisance. Son air navré et condescendant poussait au crime mais il avait déjà pleuré plus d'une heure dans sa voiture et l'épuisement l'avait emporté, il avait battu en retraite.

Trois semaines avaient suffi pour que la vie de Marc bascule de façon irrémédiable. Tout avait commencé au milieu des sapins, un week-end de Toussaint. Ce petit voyage lui était apparu comme la solution miraculeuse à la crise qu'il traversait. Il passait ses vacances dans les Vosges lorsqu'il était enfant et, avec le temps, sa mémoire avait embelli ses souvenirs pour former l'écrin idéal à quelques jours d'intimité conjugale. Marc avait trouvé une auberge dans l'annuaire, il en avait vérifié l'emplacement exact sur une carte, elle était construite au niveau d'un col qui séparait l'Alsace de la Lorraine. Il l'avait aussitôt associée à ces maisons au bout d'un pâturage où ils arrivaient en fin d'après-midi avec son grand-père pour boire un café et manger une grosse part de tourte à la viande. Ensuite ils redescendaient dans la vallée, où la grand-mère de Marc les attendait en sirotant un whisky noyé d'eau gazeuse. Les châles en mohair sous lesquels elle disparaissait n'étaient rien d'autre que des reproches muets car elle aurait nettement préféré passer ses vacances au bord de sa Méditerranée natale. Marc avait retenu de ces bâtisses sombres le sentiment grisant d'être au bout du monde, perdu dans le ciel ou encore la confiance qu'inspirait la forêt silencieuse, le murmure régulier du ruisseau qui traversait le pré fraîchement fauché et la présence rassurante de quelques vaches placides. Toutes ces images superposées composaient le refuge rêvé pour ce qui devait être un voyage de noces renouvelé et il avait retenu une grande chambre pour le week-end de la Toussaint sans en informer Christine afin de lui réserver la surprise de cette escapade. Marc avait tout arrangé, Chloé passerait ces trois jours chez une copine à la campagne, il lui avait expliqué qu'il partait en voyage avec sa mère, en amoureux, et la petite avait ri de façon un peu forcée pour masquer sa gêne à l'évocation de l'amour.

Au printemps, Marc n'avait pas éprouvé l'enthousiasme propre aux premiers beaux jours où les

arbres se couvrent de petites pousses vertes annonçant les frondaisons épaisses qui abriteront les
après-midi d'été. Il avait du mal à se lever le matin,
embrassait Chloé machinalement, ne prenait plus
plaisir à respirer l'odeur du café avant de le boire,
ne regardait plus comment Christine s'habillait.
Pendant tout l'été, il s'était dit qu'il était anormale-
ment fatigué, se demandant même s'il n'était pas
malade mais il n'avait pas eu le courage de consulter un médecin. Chloé, qui avait alors sept ans,
s'était imaginé qu'elle était responsable de la distance qui s'était installée entre son père et elle. Elle
se demandait ce qu'elle avait bien pu lui faire et,
pour se protéger, elle s'était progressivement déta-
chée de lui, le considérant froidement et évitant les
contacts physiques. L'attitude de Christine était en
tout point comparable. Plutôt que de questionner
Marc, elle tentait de différer des discussions pourtant inévitables tant le silence constituait un aveu
de naufrage. Elle s'occupait les mains et l'esprit en
veillant à croiser le moins possible son mari, gardait un tee-shirt pour dormir et passait beaucoup de
temps avec sa fille dans une sorte de complicité
féminine un peu affectée. Marc en était blessé mais
il était trop préoccupé par lui-même pour pouvoir
en parler à Christine. Il s'enfermait de plus en plus
et, pour ne pas couper tout à fait les liens avec sa
famille, il se raccrochait au matériel, avait acheté une
nouvelle voiture, plus spacieuse, repeint la chambre
de Chloé, changé la baignoire et loué pour les
vacances une maison en Provence. Et c'est au mois
d'août, en se promenant seul dans la garrigue, qu'il
avait commencé à y voir plus clair. Christine passait des heures au bord de la piscine avec sa fille

et Marc partait explorer les environs. C'est en sentant la brûlure du soleil sur sa peau, en écrasant sous ses semelles du thym et de la menthe sauvage qu'il avait repris confiance. Il avait recommencé à sourire pour rien, à respirer plus largement, à laisser filer ses pensées sans chercher à les canaliser. Il était de nouveau capable de s'asseoir sur une pierre plate chauffée au soleil et d'envisager l'avenir sans aucune censure. Il n'y avait rien de commun entre l'envie d'ouvrir un bar de nuit à Acapulco et celle de vivre sur une péniche mais ça n'avait aucune importance car l'évocation de ces vies nouvelles permettait de rêver. L'immense territoire des possibles, que Marc croyait perdu à tout jamais, lui était rendu. Les différentes destinations auxquelles il se surprenait à penser, loin de s'exclure les unes les autres, formaient un tout idéal qui lui donnait envie de vivre.

Ce soir-là, il était rentré au mas grisé d'enthousiasme juvénile. Mais il avait oublié qu'il venait d'effectuer tout seul au milieu de la garrigue ce parcours vers son désir. Christine et Chloé n'avaient pas suivi l'enchaînement de ses pensées et elles ne pouvaient être à l'unisson de son humeur. Pour échapper à un pesant tête-à-tête avec son mari, Christine avait invité à dîner des amis de passage dans la région. La soirée s'était écoulée entre des enfants bruyants, des maris vantards et des épouses ironiques. Marc avait un peu forcé sur le rosé et tout ce petit monde s'était noyé dans une brume confortable. Quelques jours plus tard, Marc avait essayé de parler de ce qui lui arrivait mais Christine avait immédiatement imaginé qu'il la mettait en accusation et la discussion avait tourné court.

Après les vacances, la vie avait repris son cours normal mais malgré les horaires, les rendez-vous, les courses et autres contraintes, Marc avait réussi à s'accrocher à la certitude que quelque chose allait changer. Et il avait imaginé qu'un week-end de Toussaint dans les Vosges pourrait initier ce changement. Très sûr de son effet, il avait annoncé à Christine qu'il l'enlevait pour quelques jours. Elle lui avait alors reproché de l'éloigner de sa fille sans lui avoir demandé son avis. Sur l'autoroute, Marc avait mis des cassettes, des morceaux hétéroclites qui, pour lui, composaient la musique de leur histoire. Christine était restée distante, elle n'était pas agressive mais plutôt amorphe, absente, inaccessible.

En traversant la Lorraine, Marc s'était perdu dans ses souvenirs. Il avait retrouvé sans grande difficulté les sensations de son enfance. Christine, à qui ces paysages n'évoquaient pas grand-chose, ne voyait autour d'elle rien d'autre que ce que ses yeux distinguaient dans le soir qui tombait : la brume enveloppait la route luisante d'humidité, la pluie dessinait de grandes traînées noires sur les arbres, les feuilles des hêtres pourrissaient en tas sur le bas-côté, les reflets bleu argent des sapins dans le crépuscule avaient quelque chose d'inquiétant. Malgré le chauffage qui donnait à l'habitacle une douce tiédeur, Christine ne pouvait s'empêcher de frissonner.

C'est en arrivant devant l'auberge que les souvenirs de Marc s'étaient évanouis. Au bout du parking goudronné entouré de thuyas, s'élevait une bâtisse carrée comme un blockhaus, crépie en ciment gris. La réception était tapissée d'un lambris en sapin verni prolongé jusqu'au plafond par une moquette murale vert bouteille. Marc s'était présenté et le patron avait posé sur son registre un regard lourd de soupçons. En effet, il y avait bien une réservation à ce nom-là mais combien de temps allaient-ils rester? Sans consulter Christine qui fixait les yeux en verre d'un trophée de chasse accroché au-dessus du comptoir, Marc avait confirmé les trois jours. C'était une sorte de réflexe de survie, une façon puérile de ne pas reconnaître son erreur, comme si le fait de persister avait le pouvoir de rendre agréable cet endroit dont la laideur lui sautait pourtant au visage. Pour ajouter encore à la chaleur de son accueil, le patron leur avait indiqué que s'ils comptaient dîner ils ne devraient pas tarder, le service se terminant à 20 h 30. Christine était sortie de son mutisme pour demander qu'il leur réserve une table près d'un radiateur.

La chambre au papier peint bleuté et au dessus-de-lit moutarde ne ressemblait en rien au nid douillet et chaleureux auquel on rêve après six heures de route sous la pluie. La buée sur les vitres, l'absence de rideaux, tout contribuait à l'atmosphère glaciale de la pièce. L'air penaud de Marc avait quelque chose de touchant, il ressemblait à un petit garçon qui a voulu faire une surprise à ses parents en leur apportant le petit-déjeuner au lit et qui trébuche sur le seuil de la porte en renversant le café sur les draps. Christine parvenait à peu près à se figurer sa déception. Pour une fois, cette distance entre les aspirations de Marc et la réalité de sa vie ne la mettait pas en colère, elle lui donnait au contraire envie de rire et c'est de bonne humeur qu'elle s'était levée pour aller à la salle de bains. Marc était toujours perdu dans sa tristesse de ne même plus parvenir à reconstituer ses souvenirs tellement l'endroit où il se trouvait pesait sur son imagination. Il avait fallu que Christine l'appelle pour qu'il se lève enfin et retrouve avec elle sous la douche brûlante un semblant d'intimité.

Dans la salle à manger, quelques couples proches de la retraite s'attardaient autour d'un cognac, deux enfants étrangers poussaient des cris en se poursuivant entre les chaises et le serveur restait planté devant eux en attendant leur commande. Après son départ, Marc avait tenté de s'engouffrer dans le vide qu'il laissait, ce laps de temps entre la commande et l'arrivée des plats lui avait toujours semblé capital. C'était le moment où le dîner se mettait en place et toute la suite en dépendait, l'instant précis où il avait programmé pour le dessert sa demande en mariage, un soir de printemps, où il avait essayé plusieurs fois l'été précédent, en terrasse, de dire à Christine ce qui lui arrivait, ce qu'il ressentait mais on leur apportait toujours trop tôt les apéritifs et le vide était immédiatement comblé par cette façon un peu conventionnelle de cogner les verres pour éviter de parler. Au milieu des trophées de chasse et des jougs de charrue transformés en lustres, Marc s'était alors lancé, il avait proposé à Christine de faire le point sur leur histoire et sur leur avenir mais elle avait fait semblant de ne pas entendre. En fixant les enfants de plus en plus bruyants elle avait demandé comme pour elle-même ce que pouvait faire Chloé à l'heure qu'il était… Marc avait tenté de revenir à ce qui le préoccupait mais il avait été interrompu par l'arrivée des assiettes de charcuterie.

La simple évocation de Chloé par sa mère suffisait à mettre Marc mal à l'aise. Y avait-il réellement dans sa voix un soupçon de reproche chaque fois qu'elle lui parlait de sa fille ou était-ce Marc qui l'y mettait? Le dîner s'était achevé en silence. Au dessert, les lumières de la salle s'étaient progressivement éteintes. Ils avaient regagné leur chambre pour s'enterrer immédiatement sous les couvertures et chacun s'était cloîtré dans sa solitude. Ni Marc ni Christine n'avaient osé faire le geste qui leur aurait permis de se laisser aller à un peu de tendresse et de chaleur.

Le lendemain ils avaient repris la voiture. Marc avait retrouvé sur une carte du Club vosgien le tracé d'une randonnée qu'il avait effectuée plusieurs fois avec son grand-père. Christine se laissait conduire sans déplaisir car, contrairement à la veille, elle apercevait parfois, entre les sapins, des collines aux pentes douces et harmonieuses et de grosses maisons carrées perdues au milieu des pâturages avec leur cheminée fumante comme sur les dessins d'enfants. Cependant, elle ne pouvait s'empêcher de constater que la brume gagnait du terrain et, jetant un coup d'œil au sommet, elle n'avait distingué qu'une masse dense et impénétrable. Marc avait bien dû le remarquer lui aussi mais Christine estimait prudent de s'abstenir de tout commentaire. Arrivé à un col, Marc avait prétendu reconnaître le départ du sentier bien qu'on n'y vît pas à plus de trois mètres et il avait suggéré de pique-niquer sous un abri en rondins en attendant que ça se lève. L'endroit était ouvert à tous les vents, ils n'avaient pas de quoi allumer un feu dans la grosse cheminée qui les narguait. Christine s'était montrée docile, elle avait mangé son sandwich debout dans le brouillard et Marc avait fini par admettre qu'il valait mieux annuler la randonnée. Ils étaient remontés en voiture pour rebrousser chemin quand une pluie fine s'était mise à tomber. Paradoxalement, la visibilité s'en était trouvée améliorée. Marc se concentrait sur la route de montagne, l'atmosphère entre eux semblait détendue, le silence qui entourait leur excursion n'avait plus rien d'hostile et le bruit des essuie-glaces rythmait leurs pensées.

À l'issue d'une longue réflexion, Marc avait abouti à une synthèse qu'il trouvait satisfaisante. Il l'avait livrée à Christine sans prendre la peine de la guider à travers les méandres de sa réflexion. Avait-il choisi son endroit pour prendre la parole ou cela s'était-il enchaîné sans arrière-pensée? Toujours est-il que Christine avait remarqué qu'ils dépassaient une petite croix en fer rouillée, probablement un monument à la mémoire des victimes d'un accident de la route, lorsque Marc avait dit qu'il allait s'éloigner quelque temps pour réfléchir. C'était l'affaire de deux ou trois semaines pas plus, il avait besoin d'être seul pour se retrouver, faire le point et repartir sur de nouvelles bases. Le silence obstiné de Christine avait quelque chose d'étrange, Marc avait imaginé qu'il devrait faire face à une dispute et à des larmes mais rien ne venait.

"Christine, tu as entendu?

— Oui, j'ai compris. Tu as envie de partir seul. Si ça peut te faire plaisir, tu n'as qu'à le faire."

Et Marc, tout à ses projets de nouveau départ, n'avait pas voulu voir que le visage de Christine avait brusquement changé pour prendre une expression inquiétante.

A quatre ans et demi Chloé avait décidé que les garçons étaient des imbéciles et son père ne semblait pas avoir échappé à cette classification un peu hâtive. Elle était enfermée dans un univers de jupettes à volants, de souliers vernis à brides, de fard à joues rose bonbon ou de poupées en plastique qu'elle prenait pour des princesses et Marc était effaré par ce petit monde pétri de clichés bon marché qui lui évoquait tout sauf la féminité. Chloé ne souriait pas elle minaudait, venait à table coiffée d'un voile en faux organza et dévisageait son père en penchant la tête sur le côté d'un air navré. Lorsque Marc tentait de redresser la barre, Christine prenait la défense de Chloé et lui faisait remarquer sur un ton aigrelet qu'il était face à une petite fille. Tout était dit, il était inutile d'insister.

Marc en venait à se demander si cet univers de féminité caricaturale ne correspondait pas, finalement, à des aspirations profondes que Christine avait appris avec le temps à dissimuler sous le bon goût un peu conventionnel auquel il l'avait convertie. Brusquement des détails lui revenaient en mémoire, comme les poupées espagnoles aux volants crochetés qu'elle s'était résignée sans trop de difficulté à mettre au fond de son placard plutôt que sur leur lit, les vernis à ongles criards qu'elle portait avant qu'il lui en offre de plus discrets et qu'elle renonce à se vernir les ongles. Finalement, Christine avait toujours été docile, elle n'avait jamais fait d'histoires quand Marc lui imposait son esthétique. Mais tout avait changé avec la naissance de Chloé.

Cela avait sans doute commencé le jour où elle lui avait annoncé qu'elle attendait un enfant. C'était un matin de février, il faisait encore nuit lorsque Marc était entré dans la cuisine. Au moment où Christine l'avait rejoint pour le petit-déjeuner, le soleil pointait à peine derrière le toit de l'église voisine. Elle avait fixé le fond de son bol pour lui dire d'une voix pâteuse qu'elle pensait être enceinte et Marc avait éclaté de rire. Était-ce tout simplement la joie que lui procurait cette heureuse perspective, ou le contraste entre la vieille robe de chambre râpée de Christine et ce qu'elle venait de lui dire? Christine n'avait pas compris sa réaction et c'est d'un ton légèrement agressif qu'elle lui avait demandé s'il s'en était rendu compte.

Le soir de ce même jour, les résultats du laboratoire d'analyses étaient venus confirmer la nouvelle du matin et Marc avait débouché une bouteille de champagne. Ils avaient trinqué mais Christine semblait absente. Ce soir-là, il avait eu l'intuition que ce bébé pourrait bien, contrairement aux idées reçues, les éloigner l'un de l'autre. Et c'est sans doute pour conjurer le sort qu'il s'était plié aux exigences de Christine. S'il s'était écouté, il aurait préféré attendre le moment où l'embryon serait devenu un être humain capable de vivre à l'air libre pour faire sa connaissance. Mais Christine ne lui avait pas laissé le choix, il devait être présent pour les échographies.

C'est ainsi qu'ils s'étaient retrouvés au milieu d'une salle d'attente pleine de couples plus ou moins jeunes, forts de la suffisance un peu vulgaire que confère la procréation. Tous affichaient les signes extérieurs d'une émotion parfaitement codée : béatitude diaphane de la mère, fierté humide du père. Marc avait assisté impuissant à la fonctionnalisation du corps de la femme qu'il aimait. L'intimité mystérieuse qu'il avait apprivoisée grâce à son seul instinct se trouvait violemment colonisée par la machinerie médicale mais il avait fait ce qu'on attendait de lui et s'était attendri avec ostentation devant l'image floue en noir et blanc qui lui évoquait plus la mort que la vie. Lorsque l'échographiste leur avait proposé la vidéo en souvenir, Marc n'avait pas osé refuser.

C'est au quatrième mois que tout avait basculé. Christine qui, jusque-là, avait parlé de *leur* enfant avait commencé à dire *ma* fille. Le médecin leur avait demandé avec un air de sacristain s'ils *voulaient savoir*. Marc n'avait pas bien saisi le sens de sa question et il avait dû se tourner vers Christine pour comprendre qu'il s'agissait du sexe de l'enfant. Depuis quelque temps déjà, le débat était clos. Marc voulait un garçon, Christine une fille. Mais il avait vite compris qu'il avait intérêt à se rallier à son avis tant les discussions à ce sujet étaient passionnelles. Marc émettait un souhait, il se voyait bien avec un petit gars à ses côtés à qui il apprendrait le nom des arbres et des oiseaux mais Christine exprimait une exigence, elle ne pouvait qu'être la mère d'une fille. Alors Marc s'était fait à l'idée, chaque jour il s'était obligé à imaginer des moments de sa vie avec une fille. La terrasse d'un café où ils seraient attablés l'été, les garçons commençant à regarder sa progéniture adolescente, un championnat d'athlétisme, une saynète de comédie musicale qu'elle aurait répétée spécialement pour ses parents. Et le jour où l'échographiste avait utilisé l'image ô combien poétique d'un grain de café pour leur dire que le bébé était une fille, il était prêt à l'entendre. Christine en avait pleuré de soulagement et le médecin avait fait face à cette vague d'émotion avec un professionnalisme dégoûtant. Marc avait simplement pensé qu'il l'avait échappé belle et que la nature faisait bien les choses.

Christine avait immédiatement commencé à rassembler le trousseau qu'elle jugeait nécessaire pour accueillir dignement *sa* fille. Rien n'était trop beau, trop fleuri, trop gansé, trop enrubanné, trop volanté. Si elle obligeait Marc à présider au choix du landau, il était hors de question qu'il donne son avis pour la layette. C'est en despote qu'elle avait collectionné les culottes bordées de dentelle de Calais, les barboteuses à col Claudine et manches ballon, les chaussons en satin piqués de fleurs et les bonnets à rubans. Et Marc, heureux de la voir déployer tant d'amour pour le bien-être de leur fille qui n'était même pas encore née, l'avait laissée faire. Il s'était contenté de peindre la chambre du bébé en rose comme elle le lui avait demandé.

En franchissant la porte de la maternité, Marc avait perdu son identité. De la standardiste à la sage-femme, tout le monde l'appelait *le papa*. A la demande de Christine, il avait assisté à l'accouchement mais il avait catégoriquement refusé de le filmer. Cela avait provoqué une dispute mais il avait tenu bon et c'est sa belle-mère qui avait été promue réalisatrice. Marc s'était donc retrouvé en blouse dans la salle de travail coincé entre Christine qui offrait la profondeur de ses jambes ouvertes et l'objectif de sa belle-mère qu'il sentait dans son dos. La situation avait quelque chose d'obscène, un peu comme si la mère de Christine avait observé par le trou de la serrure les détails de leur sexualité. Marc avait la nausée, il transpirait et les cris de Christine lui vrillaient l'estomac. Bien sûr, *le papa* s'était évanoui et toutes les femmes présentes s'étaient regardées d'un air entendu. La tête de Chloé était apparue, les cheveux collés par des sécrétions blanchâtres auréolées de traces de sang et Marc s'était précipité sur la poubelle pour vomir. Enfin le bébé avait poussé son premier cri et il avait pensé avec soulagement que c'était fini. On lui avait tendu cette petite chose mouillée et encore molle, il l'avait apprivoisée avec curiosité, regardée sous toutes les coutures et discrètement reniflée. Il avait constaté que la présence de cet enfant ne bouleversait pas d'emblée sa vie comme on le lui avait prédit. Au contraire, il avait le sentiment qu'elle avait toujours été là au creux de ses mains. Il avait senti sur lui le regard de sa belle-mère et puis il avait dû rendre sa fille à la sage-femme.

Deux heures plus tard, Christine avait commencé à allaiter Chloé et, trois jours après, Marc avait dû lui faire une place, entre eux dans le lit, pour qu'elle puisse téter la nuit. Christine était épuisée, d'immenses cernes gris soulignaient ses yeux mais elle refusait toute aide.

Heureusement, Marc passait la journée loin de chez lui et il avait naïvement imaginé que cela lui permettrait de faire le vide. Mais c'était sans compter avec la force centrifuge de son entourage. Son associé, ses clients, ses copains avaient connu ça avant lui et ils voulaient vérifier que tout était en ordre. Marc avait d'abord parlé avec sincérité mais il avait vite perçu que ce n'était pas ce qu'on attendait de lui. On lui demandait seulement de coller au folklore collectif, il s'agissait de vérifier que la petite l'empêchait de dormir, que sa femme avait le baby blues, que l'accouchement avait été le plus beau moment de son existence et, surtout, que l'arrivée de sa fille avait totalement modifié sa vision du monde.

Le temps passant, l'ère des reproches s'était ouverte. Alors que, quelques jours auparavant, Marc était interdit de table à langer, elle lui mettait maintenant les couches en main pour qu'il change sa fille. Mais, là encore, Christine semblait excédée : il ne plaçait pas les collants au bon endroit, il risquait de déchirer la ceinture en papier… Il se défendait un peu et Chloé se mettait inévitablement à hurler. Marc sentait bien que l'incompréhension qui les renvoyait dos à dos dépassait largement le cadre de leur couple. C'était un nœud inextricable de malentendus et de contraintes généreusement légué par les trois ou quatre générations qui avaient patiemment tissé leurs destinées. Chacun s'était tragiquement fossilisé dans un rôle qu'il n'avait pas choisi. Ainsi, quand Marc s'était éloigné de chez lui, il s'était persuadé que Christine et

Chloé seraient contentes de ne pas être, pour quelque temps, troublées dans leur complice intimité.

Marc avait besoin de silence et de vitesse. Sur l'autoroute, les paysages filaient à toute allure et quelque chose se détachait de lui, sans douleur, sans à-coups. Il était évident que l'hiver attendait, tapi dans un coin, pour s'abattre sur le paysage, mais c'était encore une belle journée, froide, avec des rayons de soleil courts et verticaux qui perçaient des nuages inoffensifs. Les arbres nus se découpaient sur l'horizon gris ardoise, les prés avaient déjà pris une teinte terne et noyée, les corbeaux semblaient un peu désœuvrés mais, comme la plupart des automobilistes qui le doublaient, Marc souriait, profitant avidement d'un soleil qu'ils savaient le dernier avant le printemps. Il avait monté le son de l'autoradio et il flottait dans une atmosphère hermétiquement protectrice d'où il observait le monde. Les paysages muets, que le tracé de l'autoroute avait irrémédiablement éventrés, lui semblaient bienveillants. Il ne savait pas exactement où il allait atterrir à la fin de la journée mais il était certain que de bonnes surprises l'attendaient.

Un peu avant la nuit, Marc avait quitté l'autoroute pour bifurquer vers la mer. Au hasard des noms sur les pancartes, il s'était engagé sur des routes secondaires qui longeaient la côte pour traverser de petites stations balnéaires désertes à cette saison. Les parcs d'attractions avec toboggans aquatiques et trampolines avaient quelque chose de paternel dans leur immobilité, ils attendaient patiemment que de nouveaux enfants viennent les piétiner avec des cris de joie lorsque commencerait la saison. À force de longer des campings fermés, des plages au sable immaculé et des parkings vides, Marc avait fini par trouver un village avec un semblant de vie. Au café de la place de l'église, on lui avait indiqué un hôtel, un peu plus loin.

Marc avait retiré le dessus-de-lit satiné pour découvrir un gros édredon dans lequel il s'était enroulé pour s'installer dans un fauteuil face à la mer. Il avait posé les pieds sur le radiateur tiède et s'était perdu dans la contemplation du paysage. Aucune trace de pas n'était venue altérer la surface du sable depuis la dernière marée. L'eau avait les reflets gris argenté de certains poissons de haute mer. La nuit tombait, la seule distraction au milieu de cette monotonie était la progression d'un petit bateau de pêche qui avait mis longtemps à traverser les flots en diagonale. Chez lui, Christine et Chloé étaient sûrement dans la baignoire. Loin d'elles, perdu quelque part sur la côte atlantique, Marc avait le sentiment, comme cela lui était rarement arrivé, qu'ils formaient tous les trois une famille. En regardant le soleil se noyer, il recommençait à faire des projets. Ses rêves qu'il avait trop longtemps contenus revenaient en désordre et tout se mélangeait. Ils étaient vieux, Christine et lui, installés au bord de la Méditerranée, Chloé leur rendait visite avec sa fille. L'enfant grimpait sur les genoux de Marc pour lui tirer les poils de barbe. Chloé venait d'ouvrir un magasin de fleurs, Marc avait repeint la boutique et Christine tenait la caisse pendant que sa fille s'occupait des clients. Ils traînaient sur une plage au coucher du soleil un soir d'août, en observant du coin de l'œil une bande d'adolescents qui découvraient l'amour. Ils accompagnaient un matin Chloé au départ de son premier voyage scolaire et reconnaissaient à l'arrière du bus quelques visages qui l'avaient accompagnée depuis l'école primaire. Marc retapait une bergerie au milieu de pâturages d'altitude, Christine le rejoignait pour les vacances avec Chloé et un garçon inconnu auquel leur fille semblait très attachée…

Il faisait nuit noire sur la mer lorsqu'on avait frappé à sa porte pour le dîner.

Les journées de Marc ressemblaient à celles d'un retraité. Le matin, il attendait le déjeuner. Par coquetterie, il s'obligeait à patienter jusqu'à midi et demi pour entrer dans un restaurant, ce qui établissait ainsi une différence avec les vrais petits vieux qui, eux, étaient déjà attablés depuis une demi-heure. Ensuite, il faisait une promenade qui se prolongeait par une sieste, puis il attendait l'apéritif et le dîner. Il ne lui restait alors qu'à faire quelques pas avant d'aller se coucher. Et dans les intervalles, Marc prenait le temps de réfléchir. A certains moments, la monotonie de sa réflexion l'accablait et il soupirait. Fixant intensément l'horizon, il tentait de se laisser gagner par le bruit du vent et le mouvement des vagues jusqu'à ce qu'il ne reste plus la moindre place pour autre chose. Plus le temps passait et plus la question de savoir s'il allait ou non téléphoner à

Christine devenait secondaire. Il s'était enfermé sans s'en rendre compte dans un mutisme opaque et il semblait de plus en plus improbable qu'il entre dans une cabine pour composer le numéro de son domicile. Quant à imaginer à quoi ressemblerait sa vie dans les dix années à venir, à force de générer une myriade de réponses différentes, cette interrogation avait fini par tourner sur elle-même tel un kaléidoscope, un mélange vertigineux de couleurs chatoyantes qui s'annulaient les unes les autres jusqu'à former une sorte de gris vaguement irisé.

C'est donc l'esprit un peu vide que Marc avait repris la route. A l'approche de la frontière espagnole, il s'était rendu compte qu'il ne voulait pas quitter le territoire français, comme si franchir cette limite pouvait dangereusement l'éloigner de Christine et de Chloé. Il était donc remonté un peu le long du littoral avant d'obliquer vers la Côte d'Azur. Mais, après avoir traversé les paysages tranquilles du Massif Central qui l'avaient empli de sérénité, il avait de nouveau découvert en Provence la vacuité hivernale d'une région entièrement vouée au tourisme. Il avait croisé les mêmes vieilles friquées avec les mêmes chiens en laisse, les mêmes gigolos, les mêmes rentiers et les mêmes voyageurs de commerce qui, eux, profitaient de la basse saison pour préparer la haute. Marc n'avait pas particulièrement envie de lier connaissance et les transats vides qui s'alignaient devant les grands hôtels de la baie des Anges avaient quelque chose de mélancolique qui ne lui donnait pas envie de s'attarder.

Cela faisait plus de deux semaines qu'il voyageait et il ne se rappelait même plus pourquoi il était parti, il savait seulement que la solitude, les paysages inconnus et les rencontres sans lendemain qui lui avaient d'abord fait du bien commençaient à l'ennuyer. Les nappes à carreaux des restaurants bon marché, les couvre-lits un peu passés des petits hôtels, ses deux mains qui n'avaient pas d'autre point de chute que le fond de ses poches, cette esthétique de poète vagabond avait perdu tout son charme. Il se sentait sous anesthésie, une douce torpeur baignait ses journées mais il lui restait suffisamment de lucidité pour reconnaître que cela n'avait rien à voir avec le bonheur.

Il était temps de rentrer. Marc devait encore essayer, au moins une fois, peut-être la dernière, de savoir si le bonheur demeurait possible auprès de Christine et de Chloé. Il s'était accordé quelques étapes dans des villes inconnues puis avait fini par arriver aux portes de chez lui. Rien n'avait changé, évidemment. Les trois semaines qui venaient de s'écouler avaient seulement distillé la monotonie coutumière à cette petite ville.

Marc s'était garé devant l'entrée du pavillon pour observer les ombres derrière les rideaux avant de descendre de voiture. Les lumières tamisées découpaient des formes incertaines mais la silhouette qui passait devant la fenêtre du salon ne pouvait être que celle de Christine. Plutôt que d'utiliser ses clés, Marc avait préféré sonner. Il ne les avait pas prévenues de son arrivée et ne s'était pas demandé pour autant quel accueil Christine et Chloé lui réserveraient.

La porte s'était ouverte sur un visage inconnu. Après un silence long et pesant, Marc avait demandé si Christine était là, et la femme lui avait répondu qu'elle avait déménagé.

"Et ma fille?

— Je ne sais pas… Nous venons juste de nous installer.

— Quand?

— Il y a trois jours."

Marc s'était jeté à l'intérieur de la maison en bousculant un peu la femme au passage. Il n'en croyait pas ses yeux. Il était chez lui et plus rien dans cet endroit n'indiquait qu'il y avait un jour vécu. Les murs étaient bien les mêmes, l'espace entre la cuisine et la baie vitrée, la montée d'escaliers à côté du cellier et des toilettes, tout était en place, l'architecte aurait sûrement retrouvé les plans qu'il avait tracés, mais Marc, lui, ne reconnaissait rien. Ces pièces avaient été le décor de sa vie mais plus aucun détail ne semblait pouvoir en témoigner. Un homme avait surgi du premier étage pour venir en aide à sa femme mais, en reconnaissant Marc, il s'était immédiatement calmé et l'avait regardé avec un air de sincère compassion. Sa femme s'était accrochée à son bras et Marc avait soudain reconnu ce couple aperçu une fois ou deux chez des amis de Christine.

"Christine était pressée de quitter la maison et puis, nous, nous cherchions quelque chose depuis longtemps… Tout s'est décidé très vite, nous venons juste de finir l'installation. Je pensais que vous étiez au courant. J'imagine que c'est difficile à encaisser. Pour le moment, toutes vos affaires sont encore là… Nous lui avons laissé la jouissance du garage, en attendant. Si vous avez besoin de prendre quelque chose, allez-y."

Et Marc avait retrouvé toute leur vie entassée à l'endroit où il aurait dû garer sa voiture. Les lits étaient dressés contre le mur, calés par des armoires, des tables, des sièges. À l'opposé, des cartons s'empilaient jusqu'au plafond mais on sentait que le déménagement avait été fait à la hâte, les boîtes débordaient un peu et pas mal de choses n'avaient pas trouvé de contenant. Ainsi, Marc avait découvert son pyjama et son survêtement roulés en boule dans l'autocuiseur et plus loin, sur la machine à laver, de vieux disques vinyle qui dataient de sa vie d'étudiant étaient empilés en désordre dans une bassine.

Craignant que le couple, voulant bien faire, ne se sente obligé de lui offrir un verre dans sa propre maison, Marc avait préféré s'éclipser par la porte du garage. Il avait mis le contact mais, ne sachant où aller, il était resté sur place, les deux mains posées sur le volant. Il n'avait pas essayé de retenir ses larmes et le lotissement tout autour de lui était brutalement devenu flou. Il se sentait perdu dans le noir, sans aucune image à laquelle se raccrocher. Un instant, il s'était demandé s'il était encore vivant ou s'il venait simplement de tomber brutalement dans l'enfer brûlant qu'on lui décrivait au catéchisme de son enfance. Mais bientôt, la pluie avait pris le relais. Un violent orage s'était abattu sur la ville. Il avait séché ses larmes et repris un peu ses esprits.

Marc avait retraversé la ville pour atteindre le vieux quartier résidentiel au bord de la rivière et, en voyant la lumière aux fenêtres des chambres à l'étage, il avait repris espoir, elles étaient sûrement là. Mais sa belle-mère avait refusé de le laisser entrer. Épuisé par toutes les émotions accumulées au cours de la journée, Marc avait renoncé à se

battre. Il était tard, il pleuvait à verse et il avait imaginé qu'il y verrait plus clair après une nuit de sommeil. Et Marc avait eu le tort de se diriger vers un
hôtel du centre-ville, remettant au lendemain la
bataille qu'il aurait dû livrer lorsqu'il en était peut-
être encore temps.

Marc n'est pas un homme qui sait se battre, il est même tétanisé par cette perspective. Ce n'est pas qu'il soit plus faible qu'un autre, il serait tout à fait capable de sortir les poings en toute dernière extrémité s'il s'agissait de vie ou de mort mais, tant que ses jours ne sont pas en danger, il préfère éviter les conflits. Si quelqu'un passe devant lui alors qu'il est en train de faire la queue au supermarché ou à la poste, une saine colère l'envahit mais jamais il ne dit mot. Quand une porte lui résiste, il ne s'acharne pas mais fait le tour du bâtiment pour trouver une entrée. Et face aux difficultés de la vie, Marc préfère toujours se retirer du jeu avant que les complications l'encerclent.

L'enfance de Marc ressemble à un ruisseau sans crue ni sécheresse excessive, un cours d'eau qui serpente tranquillement à travers de vertes prairies. Entouré des soins conjugués et parfois contradictoires de sa mère et de sa grand-mère, il a grandi dans une atmosphère ouatée où les tourments du monde ne lui parvenaient qu'amortis. Son père réussissait parfois à le débaucher une journée entière et ils partaient tous les deux en moto. Là, le petit Marc devait se débrouiller mais, peu habitué à le faire, il était vite déboussolé. C'est donc tout naturellement qu'il calquait ses gestes sur ceux de son héros. Sa silhouette massive se découpait devant lui sur la route, il s'agrippait à son blouson de cuir et se collait à son dos. S'il ouvrait sa veste quand le soleil commençait à chauffer, Marc l'imitait, s'il faisait une pause pour boire, il avalait lui aussi une gorgée d'eau. Ils empruntaient des chemins non goudronnés, coupaient à travers prés et Marc découvrait avec son père le sentiment grisant de la liberté.

Le monde d'harmonie qui lui tendait les bras avait explosé avec le divorce de ses parents. Marc, alors âgé de dix ans, n'avait rien montré de sa révolte face à ce qu'il considérait comme une trahison et les adultes étaient passés à côté. L'univers dans lequel il vivait s'était donc définitivement refermé sur les deux générations de femmes qui veillaient à son épanouissement. Comme elles ne l'avaient pas vu grandir, elles continuaient à avoir devant lui des conversations d'adultes, persuadées qu'il n'écoutait pas. C'est ainsi qu'il avait peu à peu compris ce qui s'était passé. Sa mère avait parlé d'autres femmes, sa grand-mère avait évoqué une vie de débauche et Marc qui s'éveillait doucement à la sexualité en avait conçu une admiration encore plus grande pour son père.

Adolescent, Marc n'était pas particulièrement attirant mais sa singularité était de ne pas fréquenter les garçons de son âge, de se tenir à l'écart des terrains de sport, de ne circuler qu'à vélo là où les autres avaient déjà une mobylette. Sa compagnie privilégiée était celle des filles qui voyaient en lui un allié. Elles l'adoptaient, le maternaient. Il ressemblait tellement peu aux autres garçons que les filles, persuadées de câliner le petit frère dont elles avaient toujours rêvé, se laissaient faire quand Marc s'allongeait tout contre elles sur un lit. Il prenait son temps pour faire l'amour, déployait des trésors de tendresse et le plus surprenant pour les filles était de découvrir un garçon extrêmement sûr de lui. Ainsi, marchant dans les pas de son père, Marc avait passé son adolescence à initier ses amies à la sexualité, passant des bras de l'une aux bras de l'autre, sans jamais avoir à se battre pour les conquérir.

Pas plus que d'habitude, Marc n'avait eu le sentiment de tomber amoureux en rencontrant Christine. Non, une fois de plus, c'est elle qui était venue vers lui. Cela s'était passé lors d'une fête où devait le rejoindre une jolie fille qui lui avait clairement fait comprendre qu'elle comptait sur lui pour la nuit. La belle n'était jamais venue et Christine avait rapidement repéré ce jeune homme qui semblait attendre quelqu'un. Au bout d'un moment, elle avait tenté sa chance et Marc était rentré avec elle. Et puis elle s'était montrée persuasive, il y avait eu une deuxième nuit, suivie d'une troisième… Marc avait constaté qu'il se sentait bien avec elle et ils avaient continué à se voir, d'abord un ou deux soirs par semaine et puis de plus en plus souvent et la suite s'était enchaînée sans incident notoire. Ils avaient déménagé pour vivre dans le même appartement, ils s'étaient mariés, Marc avait entendu parler d'un prothésiste qui cherchait un associé et ils avaient ouvert ensemble un laboratoire en centre-ville, Christine avait décidé d'entreprendre une thèse à l'issue de laquelle elle s'était mise à travailler quelques mois, avant de se trouver enceinte, puis ils avaient loué une petite maison et Chloé était née…

En dix ans, Marc avait perdu sa grand-mère, puis son père et, enfin, sa mère. Les trois fois, il avait été présent auprès d'eux jusqu'au bout, les entourant d'affection et de réconfort. Il avait accepté leur disparition avec tristesse mais sans révolte. Comme toujours, il avait fait son devoir, vidé appartements et maisons, trié les affaires. La vie lui donnait soudain raison, il était inutile de lutter. Au moment du départ de Christine, Marc était donc moins que jamais disposé à se battre. Elle le savait et comptait sur cette attitude. Christine l'avait brutalement éjecté de sa vie et, comme prévu, Marc avait baissé les bras.

Le lendemain, il était trop tard. Marc s'était réveillé en sursaut vers 7 heures du matin, avait regardé d'un air ahuri le papier peint jauni avant de comprendre où il se trouvait. Contrairement à ce qu'il avait espéré, ses idées n'étaient pas plus claires. Il s'était traîné péniblement jusqu'à la douche pour ouvrir le robinet d'eau froide. Sous le jet glacé, il avait poussé des hurlements qui l'avaient un peu libéré.

Marc devait parler à Christine. Il était inutile de retourner chez sa belle-mère pour trouver de nouveau la porte close. Il avait donc résolu d'attendre 10 heures pour l'appeler à son bureau. En quittant l'hôtel, il était passé devant une bonneterie dont la vieille propriétaire finissait de lever le rideau métallique. Marc était entré pour s'acheter quelques slips et des débardeurs qui lui permettraient d'attendre encore un peu pour faire une lessive. Il voulait simplement des sous-vêtements en coton blanc, tout bêtes, et il s'était imaginé qu'il ressortirait avec ses marchandises trois minutes après avoir franchi le seuil de la boutique. Mais la vieille dame, le trouvant sans doute sympathique, avait insisté pour lui présenter tous ses modèles et, devant son air ravi, Marc n'avait pas osé la brusquer. Après avoir suffisamment joué le jeu, il avait jeté son dévolu sur un modèle classique qu'il avait pris en plusieurs exemplaires avec des hauts assortis. Ensuite, il avait hésité un peu avant de demander à la femme si elle avait une cabine d'essayage. Son regard s'était égayé très légèrement.

"Vous n'êtes pas sûr? Vous voulez essayer?

— Non, c'est juste… Enfin, je voudrais me changer…

— Tenez, je vous donne un petit sachet pour ceux que vous portez. Suivez-moi."

Et elle avait entraîné Marc dans l'arrière-boutique en lui disant qu'il serait tranquille. Il s'était déshabillé entre des cartons en se demandant si la vieille dame était ou non cachée dans un coin à l'épier. Dans le doute, il avait pris soin, avant d'enfiler des sous-vêtements propres, de se mettre entièrement nu pour qu'elle puisse éventuellement se rincer l'œil. De retour à la caisse, la dame le regardait d'un air attendri, ses joues semblaient un peu plus roses qu'à son arrivée.

Marc s'était dirigé vers une cabine. Christine avait décroché avec amabilité mais, dans l'instant, sa voix était devenue cassante. Elle était en rendez-vous, elle ne pouvait pas lui parler. Marc avait clairement énoncé qu'il rappellerait. Au laboratoire, il n'avait pas eu besoin d'utiliser sa clé, son associé était déjà au travail. Il l'avait accueilli sans lever la tête du moulage sur lequel il ajustait une porcelaine. Marc avait posé sa veste sur le dossier de sa chaise, allumé sa lampe, vérifié ses outils et il s'était mis en quête de quelque chose qui lui occuperait les mains. Mais son casier était vide comme l'était celui des urgences qu'ils étaient convenus de se partager selon leur charge de travail respective.

"Il n'y a rien que je puisse faire?

— Tu te fous de ma gueule? Tu disparais du jour au lendemain sans pouvoir me dire quand tu reviendras et tu te pointes trois semaines plus tard la bouche en cœur en espérant trouver du boulot pour te refaire! Pendant ton absence, je me suis tapé toutes les urgences, j'ai dû dépanner plusieurs de tes clients et tu espères que je t'ai gardé quelque chose à faire? Tu es vraiment un con."

Patrick, l'associé de Marc, était toujours souriant et d'humeur égale. Quand il se mettait en colère, ce qui lui arrivait rarement, il ne levait pas la voix mais il n'y avait pas de discussion possible. En décidant huit ans plus tôt de s'associer ils avaient choisi une façon de travailler qui leur convienne. Ils voulaient être libres et indépendants, pouvoir prendre plus de vacances que leurs confrères. Retrouvant son calme, Patrick avait néanmoins évité de croiser le regard de son associé pour lui dire que Christine avait téléphoné souvent ces derniers temps, Marc avait alors compris que leur association professionnelle s'était fait dévorer par leur vie sociale et familiale.

"Tu comprends, par rapport aux enfants, je ne peux pas te dire de venir chez nous... Christine risque de passer voir Catherine, surtout en ce moment... Je te passe les clés de mon studio si ça peut te dépanner, il suffit que tu ne soies pas là entre 17 et 19 heures.

— Merci.

— C'est normal, il faut bien s'entraider. Bon, j'ai réfléchi, tu as peut-être besoin de prendre du recul en ce moment, c'est normal. Et puis ta vie va sûrement changer du tout au tout... Vu la situation, ça ne va pas être simple de continuer à travailler ensemble, par rapport à Christine, je veux dire. Alors, j'ai fait mes comptes, si tu veux, je peux te racheter tes parts du laboratoire. Comme ça, tu te sentiras plus libre. Tu les fais évaluer et on en discute. Qu'est-ce que tu en penses?"

Marc avait senti le sol se dérober sous ses pieds. Il avait suffi de trois semaines pour que sa vie lui échappe complètement. Tout semblait avoir été réglé dans son dos et il n'avait pas son mot à dire. Le seul autre prothésiste dentaire du coin était parti un an auparavant et les affaires avaient prospéré puisque toute sa clientèle leur était revenue. Aussi, si Patrick était prêt à lui racheter ses parts, Marc pourrait en tirer un prix décent, de quoi rester un moment sans travailler en tout cas. Marc se sentait épuisé et il s'était dit que ça ferait au moins un problème de réglé, il avait immédiatement accepté.

Marc avait décroché son téléphone, bien décidé à parler à Christine. Elle avait tenté, une deuxième fois, de se dérober mais il ne lui avait pas laissé le temps de parler.

"Je ne te demande pas si tu as du temps, je te demande de m'écouter. Je voudrais que tu m'expliques pourquoi, hier soir en rentrant chez moi, des inconnus m'ont ouvert la porte pour me dire, premièrement, que je n'étais plus chez moi et, deuxièmement, que ma femme et ma fille avaient disparu dans la nature.

— Marc, ne retourne pas la situation, c'est toi qui as disparu dans la nature, c'est toi qui nous as quittées, pas l'inverse. Dans ces conditions, j'ai tourné la page. J'ai, moi aussi, quitté la maison avec Chloé. Ne t'inquiète pas pour elle, elle va très bien, elle est en sécurité chez ses grands-parents. Quant à tes affaires, tout est encore dans le garage de la maison, tu peux les prendre.

— Il faut que nous nous voyions, que nous parlions…

— Marc, tu n'as pas compris, c'est fini… Notre histoire appartient au passé, la page est tournée.

— Je veux voir ma fille.

— Elle a besoin de calme, la situation est suffisamment difficile à vivre pour elle…

— Je veux voir ma fille, je ne vois pas en quoi ça nuit au calme dont tu souhaites l'entourer.

— Marc, c'est un peu tard pour t'intéresser à elle. Combien de fois as-tu changé ses couches, combien de fois t'es-tu levé la nuit lorsqu'elle appelait? Fais les comptes, cela t'aidera sans doute à comprendre ce qui se passe. Il est trop tard, elle n'a pas envie de te voir. Je dois raccrocher maintenant."

Quelques minutes plus tard, Patrick déposait devant lui, dans un geste qui se voulait plein de compassion, les clés de son studio. Le bruit de quincaillerie qu'elles avaient produit au contact du panneau mélaminé avait résonné comme un gong. Il avait déjà traversé la rue lorsque Patrick l'avait rattrapé, brandissant au bout de son bras un petit cadre.

"Marc, Marc, attends, tu as oublié ça!"

Il avait rapidement enfoui au fond de la poche de son imperméable la photo un peu passée de

Chloé tétant le sein de sa mère qu'il avait fini, sur les injonctions répétées de Patrick, par clouer au mur derrière son bureau.

Marc était arrivé devant un immeuble qui avait dû constituer le summum du modernisme lors de sa construction trente ans plus tôt. En pénétrant dans la tanière de Patrick, il s'était senti mal à l'aise. Le lieu ressemblait à une chambre d'hôtel tout en ayant la prétention de ne pas être anonyme comme en témoignait la collection de bouchons de champagne alignés sur une étagère devant les flûtes en cristal d'Arques. Mais cela soulignait le côté sordide du lieu. Combien de fois lui avait-elle demandé quand il se déciderait à divorcer? Combien de fois lui avait-il menti en lui répondant que ce n'était pas le moment, que sa femme traversait une période difficile mais qu'il n'y avait plus rien entre eux, ça, il pouvait le lui jurer, il lui demandait juste d'être patiente?

Marc avait posé ses sacs en plastique sur le bar de la cuisine. Il avait déplié le canapé et, ignorant l'état de propreté du drap-housse, il s'était allongé en travers du matelas et s'était endormi. Si, pendant son escapade, les nuits de Marc avaient été le théâtre de rêves extravagants, son retour était marqué par l'absence de toute fantaisie nocturne. Cela ne faisait que commencer et devrait durer longtemps. Auparavant, il avait au réveil le sentiment d'atterrir sur son oreiller après un long vol plané. Désormais, il avait la sensation d'avoir passé la nuit enfoui dans du sable. C'était la peur d'étouffer qui l'avait réveillé de sa sieste dans le studio de Patrick. Il lui fallait d'urgence échapper à ces murs qui commençaient à imprimer sur lui leur tristesse muette et résignée.

Marc avait marché un long moment au bord de la Loire derrière les dépôts du chemin de fer. C'était le début de l'hiver, les saules étaient nus, le vent et la pluie avaient couché l'herbe haute qui commençait à pourrir. Malgré le froid, quelques vieux, fidèles au poste, avaient jeté leurs lignes dans le fleuve. Ils sortaient régulièrement du poisson, l'assommaient avec une branche et le jetaient dans le coffre de leur siège. Leurs gestes calmes et précis avaient quelque chose de rassurant. Ses pas l'avaient mené du côté du petit canal et, au-delà, à la piscine qu'il alimente en eau fraîche l'été. C'était un ensemble de bassins rectangulaires en béton construits dans les années cinquante, au milieu d'un parc paysager. Les bonnes années, dès le mois de juin, la moitié des enfants de la ville, accompagnés de parents, s'entassaient sur les pelouses. Les plus grands chahutaient du côté des plongeoirs jusqu'à ce que les maîtres nageurs viennent les disperser puis, une heure plus tard, ils recommençaient. Dans le petit bain, les adultes s'arrangeaient pour surveiller des enfants qui n'étaient pas les leurs afin de pouvoir profiter du solarium. Mais la piscine fermait à la Toussaint, la municipalité vidangeait les bassins et les feuilles mortes s'y entassaient jusqu'à la saison suivante. Marc était resté longtemps, le visage écrasé contre le grillage, à contempler la piscine vide. Christine se montrant très stricte sur l'hygiène, ils n'y étaient jamais venus avec Chloé. Marc s'était imaginé qu'il l'emmènerait plus tard, une fois que l'école aurait résolu la question avec ses séances de natation obligatoires. Il aurait passé là des après-midi d'été avec sa fille, permettant ainsi à Christine de prendre du temps pour elle. Il aurait sympathisé avec d'autres parents et peut-être qu'il se serait senti moins seul. Chloé aurait tenté quelques brèves offensives vers les garçons de son âge puis serait venue se réfugier bien vite contre Marc. Mais cette perspective n'avait de sens que s'il s'agissait de rentrer ensuite à la maison pour raconter à Christine ce qu'ils avaient fait de leur après-midi.

Devant les bassins asséchés de la piscine, Marc s'était dit qu'il ne voulait pas être un père divorcé à qui l'on confie sa fille quelques heures par mois. Christine avait décidé qu'il ne devait plus voir Chloé et Marc n'avait pas la force de se battre. Il ne voulait parler à personne, prendre aucun avis, aucun conseil. Tous lui diraient la même chose, il devait aller voir un avocat, recourir à la loi, faire valoir ses droits. Mais Marc ne voulait entendre parler que d'amour et plus personne ne semblait disposé à lui en donner. Toute sa vie était réduite en cendres et il allait prendre le deuil. Il avait escaladé le grillage, traversé le petit bassin en soulevant des paquets de feuilles mortes pour aller s'enfermer dans une cabine dont la porte était peinte en bleu ciel.

Le jour où Marc avait décidé de quitter la garçonnière de Patrick, il avait trouvé un message posé en évidence sur la table basse. Il était juste passé chercher ses affaires pour s'installer à l'hôtel de façon à couper définitivement les ponts et surtout pour ne rien lui devoir le jour où le notaire fixerait le montant du rachat des parts du laboratoire. Il avait respecté en tout point leur accord : il avait attendu 19 h 30 pour rentrer et pris la précaution de sonner trois fois à l'interphone pour s'assurer que la voie était libre. Il comptait juste entasser ses maigres possessions dans un sac, laisser les clés sur le bar et claquer la porte derrière lui, ce qui ne prendrait que quelques minutes en tout mais le message de Patrick l'avait laissé perplexe au point qu'il s'était servi un verre et avait pris le temps de s'asseoir sur le canapé.

Patrick lui indiquait en peu de mots que Christine et Chloé faisaient une petite escapade à Bologne. Cherchait-il à lui rendre service en lui indiquant un terrain neutre où il pourrait approcher sa fille ? Marc se demandait si Christine était ou non à l'origine de cette information. Lui disait-elle par l'intermédiaire de Patrick qu'elle souhaitait le revoir? Et puis, le choix de cette destination de week-end n'était pas neutre, Bologne était la ville de leur voyage de noces. Parents et amis s'étaient cotisés pour leur offrir les billets et le séjour dans un grand hôtel près de la piazza Maggiore. Marc gardait le souvenir de matinées paresseuses, d'escapades dans le quartier étudiant, d'un café d'où l'on entendait une soprane répéter dans les combles du théâtre municipal alors que le juke-box diffusait des rengaines d'Elton John, de fins d'après-midi au marché où ils admiraient des pyramides de légumes constellés de gouttelettes d'eau, de dîners somptueux arrosés de san giovese… Et l'espace d'un instant, affalé dans le canapé bon marché de Patrick, Marc s'était imaginé que tout pouvait s'arranger.

A son arrivée, Marc s'était fait conduire directement à l'hôtel de leur voyage de noces pour constater que Christine ne s'y trouvait pas. Il s'était installé dans une petite chambre pas trop chère au dernier étage. Sa situation avait quelque chose de pathétique. Il était là, dans une ville où il avait cru au bonheur éternel, à attendre sa femme et sa fille qui ne viendraient peut-être plus. Comme il l'avait déjà vérifié plusieurs fois, au fond du gouffre, il avait besoin d'une épreuve supplémentaire. Il était descendu assez bas mais pas suffisamment pour pouvoir réagir. Il fallait croire que sa douleur était encore supportable pour qu'il ne trouve pas la force de l'écarter. Quelque chose devait se produire qui l'obligerait à prendre une décision et Marc attendait patiemment. Christine et Chloé finiraient par arriver et, même si Bologne n'était pas exactement une petite ville, il les rencontrerait.

Les grands hôtels constituent des remparts solides contre le monde extérieur. Leur luxe, superflu dans les moments de grand bonheur, devient précieux face au désarroi. Marc goûtait donc pleinement la discrète sollicitude du personnel, cette façon de vous prendre en charge comme on le ferait avec un enfant perdu. La jeune femme à la réception n'était ni belle ni laide, seule comptait sa douce voix rassurante. La politesse chaleureuse et vaguement familière du barman avait le don de vous réchauffer le cœur. L'habile disposition des fauteuils, des banquettes, des paravents et des plantes vertes réduisait l'espace à des fragments supportables lorsqu'on n'avait plus la force d'affronter une perspective dans son entier. Avec l'aide de la réception Marc avait fini par retrouver l'adresse d'un restaurant où il avait emmené Christine à l'époque et s'y était fait conduire en taxi.

Ses souvenirs ne l'avaient pas trahi, il s'agissait bien d'une maison perdue en pleine campagne derrière la gare de triage. Pour accéder à la salle à manger, Marc avait traversé la grande cuisine où les produits frais s'étalaient sur les paillasses en terre vernissée. Un jeune faon souriant l'avait placé à une petite table près de la cheminée avant de lui apporter un verre de vin macéré. Sous l'effet combiné du vin et de la chaleur des flammes il s'était laissé aller à une douce torpeur. Lorsque le serveur s'était penché vers lui, Marc avait été tiré de sa rêverie par la forte odeur d'eau de toilette qui s'échappait de son col et il avait brusquement compris qu'il était en train de répéter une question demeurée sans réponse. Devant l'air un peu ahuri de son client, il avait suggéré un menu et Marc avait été soulagé de ne pas avoir à choisir. La soirée avait été paisible. A la table voisine, un Suisse aux cheveux gris dînait en tête-à-tête avec une jeune Japonaise. Ils paraissaient n'avoir rien à se dire et l'homme qui ne semblait pas d'un naturel bavard faisait des efforts pour aligner régulièrement quelques mots. La jeune femme ricanait comme une souris en hochant la tête à des intervalles qu'elle avait dû savamment calculer. Plus loin autour d'une grande table ronde, un groupe de commerçants bien en chair riaient fort en se resservant à boire. Ils dissimulaient un couple d'amoureux qui dînaient les yeux dans les yeux, épargnant ainsi à Marc un spectacle qui lui aurait serré le cœur. À la fin du repas, après avoir longuement siroté une grappa en regardant le feu, Marc se sentait très seul mais pas malheureux.

Le lendemain, les cloches de l'église voisine l'avaient réveillé à l'aube mais il s'était rendormi sans difficulté, estimant que le soleil n'était pas encore assez haut dans le ciel pour commencer sa journée. Vers midi, il s'était levé et l'image qu'il avait aperçue dans la glace ne lui avait pas déplu. Il avait enfilé une chemise propre avant de sortir. Dans les magasins de vêtements qu'il avait trouvés sur son chemin, Marc avait pris plaisir à essayer tous les modèles de vestes, de chemises et de chaussures. Il avait fini par jeter son dévolu sur un costume brun clair à fines rayures blanches et une chemise en popeline abricot. Pour les chaussures il n'avait pas hésité, le modèle en daim chamois l'avait immédiatement convaincu. Au moment de sortir sa carte bancaire, il avait ressenti comme un vertige, un sentiment entre l'exaltation et la nausée à l'idée de claquer en quelques secondes pour s'habiller ce que d'autres gagnaient à peine en un mois. Il s'était encore admiré dans le miroir et tout ça lui avait finalement paru naturel et légitime. Il s'apprêtait à ressortir de la boutique avec ses vieux vêtements entassés dans un sac mais on lui avait demandé s'il souhaitait qu'on les lui livre, ravi, Marc avait tendu avec enthousiasme une carte de l'hôtel.

A l'heure du goûter, Marc avait innocemment longé la vitrine d'un salon de thé dans une rue protégée de la lumière par des arcades, et ce qu'il avait vu l'avait cloué sur place. Sous la lumière jaunâtre des lustres, Christine et Chloé étaient attablées devant des pâtisseries. Marc avait fait quelques pas pour dépasser la devanture et ne pas être vu. Ce réflexe stupide était comme une humiliation, il apercevait sa femme et sa fille dans un salon de thé et, au lieu de franchir naturellement la porte pour courir vers elles, il se cachait. Marc avait pris une longue inspiration, s'était composé un sourire chaleureux et était entré d'un pas qui se voulait assuré.

Dès qu'elle avait aperçu son père, Chloé avait poussé un hurlement et elle s'était cachée derrière sa mère. Christine était restée impassible et Marc avait fini par s'asseoir face à elle. Ils s'étaient longuement dévisagés sans dire un mot. La présence muette de Chloé rendait leur mutisme encore plus pesant. Chacun dressait mentalement la liste de ses griefs contre l'autre et c'était tellement lisible sur leurs visages qu'il était inutile de les formuler. Marc avait tenté de rompre le silence.

"Je vous ai attendues à notre hôtel…

— Figure-toi que c'est au-dessus de mes moyens.

— Je suis content de te voir enfin… Il faudrait qu'on se parle…

— Il faudrait que tu partes, maintenant. Tu vois bien, tu as fait peur à la petite."

Marc avait tendu la main vers sa fille mais Chloé avait poussé un petit gémissement d'angoisse, elle était inaccessible. Il avait alors posé ses poings de chaque côté de l'assiette à dessert placée devant lui, s'était calé au fond du fauteuil pour finalement déclarer à Christine qu'il ne bougerait pas tant qu'elle ne se serait pas expliquée. Il y avait quelque chose de si déterminé dans sa voix qu'elle avait été obligée de le prendre au sérieux. Il avait repéré un léger trouble dans son regard, elle avait dû percevoir que le désespoir était seul responsable de cet ultime sursaut d'autorité. Il n'avait plus rien à perdre et, quand bien même il faudrait y passer la nuit, il pouvait très bien ne pas bouger de son fauteuil. Et pour qu'il les laisse en paix, Christine lui avait donné rendez-vous le soir à son hôtel.

A dix heures moins le quart, Marc tournait en rond dans le bar de l'hôtel. Le barman qui lui avait déjà servi deux martinis dry le couvait d'un regard affectueux et il avait fini par le conduire dans un coin, à l'abri des regards indiscrets, une petite table idéale pour ce qu'il pensait être un rendez-vous galant. Marc s'était assis dans le fauteuil d'où il pouvait surveiller la porte en penchant légèrement la tête. A 22 heures pile, Christine avait fait son entrée dans un très joli tailleur bleu pâle. Elle s'était dirigée vers Marc en souriant, d'une démarche déterminée mais élégante, ondulant un peu sur ses hauts talons. Lorsqu'elle s'était assise sur la banquette face à lui, Marc s'était senti désarçonné par ce brusque changement d'humeur. Christine avait attaqué par des banalités aimables et il avait été obligé de rentrer dans son jeu. Il se sentait piégé mais incapable de se défendre, il jetait des coups d'œil furtifs aux cuisses de sa femme, à la zone d'ombre que dessinait sa jupe courte. Christine parlait de Chloé comme elle l'aurait fait avec un homme qu'elle venait de rencontrer et à qui elle voulait clairement signifier qu'elle avait un enfant. C'est un détail anodin qui avait ramené Marc à la réalité. Christine avait couché Chloé avant de venir et l'avait confiée à sa grand-mère. Ainsi, Christine était venue à Bologne avec sa mère, une conspiration féminine s'était méthodiquement penchée sur leur histoire pour en corriger le trait, en effacer des pans entiers, en transformer les souvenirs. Bologne ne serait plus désormais pour Chloé la ville du voyage de noces de ses parents mais celle où elle était allée en vacances avec sa mère et sa grand-mère alors que son père venait de les quitter. Marc avait essayé de se défendre mais il sentait la partie perdue d'avance.

"Christine, je voudrais que tu me dises quelle est ma place auprès de Chloé…"

Elle avait hésité un instant, le sourire au bord des lèvres et puis elle l'avait ravalé pour livrer la bataille. Son ton avait radicalement changé, Marc devait comprendre qu'elle en avait fini avec les bavardages.

"Marc, que ce soit bien clair, ce n'est pas à moi de te ménager une place de père auprès de ta fille. C'était à toi de la trouver tout seul… Maintenant, tu as voulu partir, tu es parti, c'est ton choix, pas le mien, mais je vis avec. Comme tu l'as constaté tout à l'heure, la petite ne veut pas te voir pour le moment. Ne compte pas sur moi pour la forcer… Elle va grandir et, un jour, elle sera en âge de décider par elle-même.

— Mais c'est ma fille…

— Épargne-moi tes jérémiades, ça t'arrangeait bien que je me tape les couches et les biberons… Écoute, Marc, sois raisonnable… Tu as voulu jouer tu as perdu… Je ne te demande pas d'argent, je trouve inutile de passer devant un juge sauf, bien sûr, si tu m'y obliges… Enfin, il ne paraîtrait pas très habile de ta part d'entrer en guerre contre nous. Estime-toi heureux, nous ne te réclamons rien… Nous vivons très bien sans toi, sois gentil, disparais…"

Christine s'était levée pour mettre fin à l'entretien. Elle avait tourné les talons sans dire au revoir. Marc était effondré dans son fauteuil, le barman lui avait apporté un verre.

Le lendemain matin, Marc s'était retrouvé à l'aéroport, inscrit sur la liste d'attente du premier vol pour Paris. Perdu au milieu de voyageurs qui, comme lui, attendaient qu'on les appelle, il avait apprécié l'anonymat de sa situation. Dans la mesure du possible, il tournerait la page. Il ne comprenait pas encore très bien sa réaction mais ce n'était pas le moment de chercher à y voir clair. Cinq minutes avant le décollage, une hôtesse était venue lui confirmer son départ. L'avion roulait déjà vers la piste lorsque Marc avait bouclé sa ceinture. Le décollage avait été rapide et violent, conforme à ses vœux, idéal pour un homme qui faisait ses adieux à son passé.

A son retour d'Italie, Marc s'était trouvé dans une situation qu'il ne connaissait pas encore, celle de ne plus savoir où aller. Souvent, il s'était senti insatisfait mais chaque fois un ailleurs se présentait comme une solution envisageable. Aujourd'hui, la géographie ne lui était d'aucun secours. De Roissy, il s'était fait conduire dans le centre de Paris et avait choisi un petit hôtel au hasard. Il avait atterri dans un établissement à la façade carrelée de faïence non loin de la Sorbonne et avait loué pour trois fois rien une chambre minuscule qu'il partageait avec un étudiant indien. Leurs lits se touchaient presque et chacun disposait d'une table de nuit en fer pour enfermer ses possessions. L'étudiant s'était montré soulagé de ne pas avoir à partager sa table de travail coincée dans le renfoncement de la fenêtre, encombrée de notes et de cours de maths.

Marc observait son voisin de chambre, fasciné par sa façon de poursuivre son but sans états d'âme apparents. Il était venu en France pour étudier les mathématiques, il se contentait de la minuscule bourse qui lui avait été attribuée, travaillait du matin au soir dans l'espoir d'obtenir un poste dans son pays. Il semblait toujours de bonne humeur et sa joie de vivre avait quelque chose d'apaisant. Marc se réveillait tard, il descendait acheter des journaux, en profitait pour boire un café et puis il remontait rapidement dans leur chambre. Si son colocataire n'était pas en cours, Marc lui rapportait des pâtisseries qu'il dévorait avec gourmandise, courbé sur la petite table. Toutes les commodités se trouvaient sur le palier, on aurait pu s'attendre que la chambre embaume des relents de caserne mais l'étudiant indien posait toujours ses chaussures et ses chaussettes sur le rebord de la fenêtre, s'enduisait d'huile parfumée en sortant de la douche et faisait brûler des bougies une fois par jour. Marc se sentait donc obligé d'apporter un soin particulier à sa propreté, il utilisait force déodorant et lavait leurs chaussettes quotidiennement. Leurs journées étaient réglées comme celles d'un vieux couple et Marc passait tout son temps à lire les journaux, allongé sur son lit, rassuré par la présence laborieuse de Pawander.

Un matin, Marc était entré dans une agence parisienne de sa banque, l'estomac noué par ce qu'il craignait de découvrir. Lorsque l'employé lui avait tendu son relevé de compte, il s'était senti soulagé. Le notaire avait employé à bon escient les procurations qu'il lui avait laissées. La vente de ses parts du laboratoire représentait une somme rondelette et il avait largement de quoi voir venir. Il pouvait donc s'offrir de longues vacances et laver avec entrain les chaussettes de son étudiant indien. Marc croyait innocemment que Pawander ne se posait aucune question à son sujet et que sa présence à son âge et sans aucun bagage dans cet hôtel miteux lui semblait normale. Pourtant, un soir, le mathématicien fatigué avait estimé inutile de s'acharner sur un problème qui serait sans doute plus clair le lendemain matin, il avait donc invité Marc à dîner dans une petite cantine tenue par de lointains cousins, faubourg Saint-Denis. Une fois attablés devant des plats subtilement épicés, entourés de posters monumentaux des plages de Goa, Marc avait constaté qu'il avait été percé à jour. Pawander savait qu'il traversait une crise importante et qu'il était incapable de prendre une décision.

"Tes plaies sont encore humides. Certaines blessures ne cicatrisent jamais mais elles peuvent sécher à force de patience. Le jour où elles ne coulent plus, tu peux de nouveau aller vers les autres sans pansement parce que tu n'as plus peur de les incommoder. Le fou jette du sel sur ses plaies, le sage cherche le vent. Enfant, j'ai souvent vu mon grand-père disparaître. Je demandais à ma grand-mère où il était mais elle refusait toujours de me répondre. Chaque fois, il réapparaissait et j'oubliais son absence. Mais, un jour, mon grand-père, estimant que j'étais devenu un homme, m'a fait venir pour me parler. Il m'a raconté que, chaque fois qu'il devait prendre une décision importante, il partait seul dans la montagne à quelques kilomètres seulement de chez lui. Perdu en pleine nature, il essayait d'y voir clair et généralement, lorsqu'il redescendait au village, il savait ce qu'il devait faire."

Suite à cette conversation, Marc n'avait pas dormi mais son insomnie n'avait rien d'angoissant, il ne luttait pas pour trouver le sommeil, il jouissait tranquillement de la nuit. Le souffle régulier de son voisin évoquait la respiration d'un enfant et, les yeux grands ouverts, Marc profitait une dernière fois de ce sentiment de protection qu'il allait perdre à tout jamais. Au matin, il avait rassemblé ses quelques affaires et fait ses adieux à Pawander. Il y avait quelque chose de bouleversant dans la force noueuse de ce corps qui l'étreignait pour lui insuffler un peu de son énergie vitale.

"Tu ne dois pas t'inquiéter, tu arriveras au bout du chemin… Je sais que le bonheur et la sérénité t'attendent là-bas."

Marc s'était précipité vers la gare de Lyon, rattrapé soudain par le souvenir de la garrigue où il s'était perdu un été. Il devait retrouver l'impulsion qui l'avait animé ce jour-là, c'était sans doute sa seule chance de rester en vie.

En gare d'Avignon, il avait loué une voiture et s'était élancé vers la chaîne montagneuse qui barre l'horizon au-delà de Carpentras. En fin d'après-midi, perdu entre vignes et vergers, il était arrivé à destination. Au-dessus du vert argent de la garrigue, s'étalait la masse bleutée des sapins et, plus haut, les crêtes grises des falaises calcaires. Tout à sa frénésie de se perdre dans la nature, Marc avait bondi hors de la voiture. Le Sud était là, tout lui revenait intact, les odeurs, la lumière et, assailli par une vague d'émotions confuses, il avait éclaté en sanglots.

Après trois jours et trois nuits dans une bergerie en pierres sèches, il se sentait d'attaque pour supporter le contact du monde. Conscient d'avoir fait le deuil de ses ambitions premières, il tentait de se satisfaire de ce qui ressemblait quand même à des envies : un peu de nature, du soleil, la mer pas trop loin, des soirées en terrasse, la curiosité retrouvée de se voir vieillir. Marc avait alors décidé de retourner vers la ville pour chercher du travail et faire des rencontres. Il avait jeté son dévolu sur Montpellier, sa taille et sa vocation médicale cadraient avec ses projets.

Marc avait abordé le centre-ville grâce à un auto-pont qui longeait le premier étage d'immeubles anciens en donnant l'impression étrange de pénétrer dans l'intimité des appartements. Après avoir déposé son véhicule de location à la gare, il s'était mis en quête d'un annuaire qu'il avait miraculeusement trouvé dans une cabine téléphonique. Au milieu de la liste imprimée en petits caractères, un hôtel avait eu la bonne idée de faire paraître un encart bien visible. Sur cet unique critère, Marc avait pris une chambre dans cet établissement situé sur une grande place où la perspective, les bâtiments et la fontaine donnaient une impression de sérénité cossue. Une fois installé, il avait confié ses vêtements à la femme de chambre et s'était couché en attendant qu'on les lui rapporte. A son réveil, toujours bien déterminé, il avait commencé à téléphoner méthodiquement aux dentistes de la ville pour obtenir des rendez-vous. Certains lui avaient répondu avec amabilité, d'autres n'avaient pas le temps de le renseigner.

En fin de journée, Marc avait rencontré l'un de ceux qui avaient accepté de l'aider. Un homme jeune et souriant lui avait ouvert la porte avant de le faire asseoir dans sa salle d'attente le temps d'en finir avec sa dernière patiente. Marc achevait de faire le point sur ce qu'il dévoilerait ou non de sa vie pour rendre sa démarche plus crédible quand le dentiste était revenu vers lui en retirant sa blouse avec soulagement. Il avait sorti d'un placard une bouteille de whisky et deux verres avant de s'installer face à Marc. Il s'appelait Pascal, avait trente-quatre ans et se montrait d'emblée très chaleureux. Il l'avait entraîné vers son cabinet pour lui montrer son installation et Marc avait exposé tranquillement le motif de sa visite. Pascal lui avait promis de se renseigner sur ses chances de trouver du travail. Les deux hommes s'étaient quittés en se serrant la main, le rendez-vous avait duré un petit quart d'heure.

En rentrant le soir, Marc n'attendait pas beaucoup de résultats de cette première rencontre, cependant il avait respecté l'objectif qu'il s'était fixé, reprendre sa vie en main. Aussi avait-il été étonné lorsque le téléphone l'avait réveillé le lendemain matin vers 11 heures. Pascal avait de bonnes nouvelles et l'invitait à déjeuner le jour même, s'il était libre, bien sûr… Ne sachant pas ce qu'il aurait pu avoir de mieux à faire dans cette ville où il ne connaissait personne, Marc avait accepté en ménageant un bref instant d'hésitation pour donner le change. Pascal avait très rapidement présenté à Marc un prothésiste qui cherchait un collaborateur. L'affaire s'était faite, Marc avait racheté du matériel et il s'était attelé à sa tâche. Il n'était pas dépaysé puisque, par une étrange ironie du sort, celui avec qui il finirait peut-être par s'associer si tout se passait bien s'appelait Patrick. Il avait acheté une table neuve pour Marc et l'avait installée face à la sienne. Les premiers jours, Marc s'était fait tout petit et s'était appliqué comme un élève fraîchement sorti de l'école, il n'avait émis aucune opinion concernant le choix de la station de radio branchée en permanence et, ayant vite compris que Patrick détestait répondre au téléphone, il avait pris en charge tous les appels.

Quelques semaines plus tard, Marc avait quitté son hôtel pour un studio du centre ancien de la ville. Il avait pris un certain plaisir à le meubler entièrement du lit au rideau de douche en passant par une cafetière, des étagères et un miroir pour se raser… Et puis il avait commencé à se recomposer une vie sociale en passant parfois la soirée avec Patrick qu'il considérait déjà comme un ami. Le prothésiste ne parlait jamais de sa vie, Marc avait perçu sa discrétion et compris qu'il pouvait se confier à lui. Pascal, de son côté, avait entrepris de le présenter à ses amis. Malgré ses réticences, Marc avait tellement de choses à oublier qu'il ne pouvait pas se permettre de jouer les sauvages. Dans cet univers de couples, un jeune divorcé représentait une forme d'attraction. Il intriguait et se trouvait souvent au cœur des discussions et des plaisanteries. Quelques femmes encore célibataires gravitaient autour de lui et Marc en avait légitimement profité en ayant l'habileté de tenir à distance toute velléité de sentiment et plus encore de sentimentalisme. Il s'agissait de rester vivant, c'était sa seule nécessité. Pourtant, ce papillonnage ne protégeait pas Marc de la douleur. Il se réveillait, se couchait avec elle et, dans l'intervalle, il fallait vivre avec.

La douleur permet de faire le tri. C'est comme un engourdissement constant, un clou pointu qui perce la poitrine au réveil et se transforme en courbature dès qu'on pose le pied par terre. Cette sensation domine toutes les autres, elle enveloppe d'une brume acide tous les événements d'une journée. Et ce malaise sur lequel Marc ne voulait jamais s'attarder pour ne pas lui donner de nom opérait un tri naturel dans ses sensations. Il y avait d'un côté tout ce qui n'était pas suffisamment intense pour surmonter sa léthargie et de l'autre de rares émotions assez puissantes pour dissiper sa torpeur. Dans ces moments plutôt brefs, certains sentiments parvenaient à illuminer tout le paysage comme un avion qui franchit la couche nuageuse pour découvrir un ciel d'azur baigné d'une lumière orangée. Évidemment, dès que pâlissait cette lumière Marc retombait à son niveau de perception habituel et la chute était rude. Aussi, pour canaliser cette douleur, la fragmenter en éclats plus supportables, Marc avait-il planifié ses jours et ses nuits pour traquer toute vacuité. Mais il n'était pas dupe. Certains soirs, contemplant d'un œil intransigeant sa façon de vivre, il ne pouvait s'empêcher de constater son incapacité à fréquenter des enfants de l'âge de Chloé. L'énergie qu'il déployait pour éviter les familles le faisait parfois sourire.

Un jour, alors qu'il était en train de trier des porcelaines, Patrick avait demandé à Marc s'il serait intéressé par un terrain. Comme à son habitude, c'était sans préambule et il était inutile de chercher un quelconque rapport avec le peu de mots échangés depuis le matin. Marc ne s'imaginait absolument pas faisant construire un pavillon mais Patrick s'était montré un peu plus loquace qu'à l'ordinaire, lui avait donné des détails et Marc s'était laissé convaincre d'aller voir l'endroit.

Le samedi, Patrick était venu le chercher en voiture. Après être sortis de la ville, ils avaient roulé un quart d'heure dans la campagne et pris une route au milieu des vignes. Ils avaient garé la voiture sous un bosquet et ils étaient descendus à travers des taillis de chênes verts pour arriver dans un pré fraîchement fauché, un ancien champ d'abricotiers arrachés et jamais replantés. Marc était tombé sous le charme. Le terrain descendait en pente douce et formait un demi-cercle comme un théâtre antique. En contrebas, des vergers et une oliveraie menaient à de grands chênes sous lesquels coulait un ruisseau. Patrick connaissait l'agriculteur qui souhaitait vendre. Il avait pensé y construire une maison pour son fils mais, la roche ne permettant pas de creuser une piscine, il avait renoncé. Marc s'était assis un moment dans l'herbe pour constater qu'il se sentait en sécurité au creux de cet arc de cercle rocheux, face aux grands chênes et il avait commencé à rêver.

De retour chez lui, Marc s'était senti à l'étroit entre les quatre murs de son studio. Sans plus attendre, il s'était procuré une voiture pour retourner voir l'endroit tout seul. Le soleil se couchait, les grillons commençaient à se manifester. Marc avait attendu que la nuit s'installe, il n'avait plus envie de partir. En rentrant, sa décision était prise.

Même si l'intervention de Patrick avait nettement accéléré les choses, il avait fallu plusieurs mois avant la vente du terrain, le raccordement à l'électricité, à l'eau courante et l'ouverture du chemin d'accès. Finalement, une fois résolues toutes ces questions, c'était déjà le printemps et Marc ne voulait plus différer son installation. Il avait acheté pour presque rien une grosse caravane ronde des années soixante en pas trop mauvais état et l'avait tractée jusque chez lui.

Marc avait enfin le sentiment de s'enraciner dans une nouvelle existence, de tourner la page. En vivant comme un Robinson, il réalisait un rêve de petit garçon. Il s'était maçonné une douche à la limite des chênes verts et délimité un grand espace rectangulaire qu'il avait aplani à la pioche devant la caravane. Il y avait installé un abri sommaire que viendraient recouvrir des plantes grimpantes et de la vigne. C'est là qu'il avait posé un évier et une gazinière, un fauteuil dans lequel il regardait le soleil se coucher.

Depuis son arrivée dans le Sud, Marc avait remarqué que le temps ne s'écoulait plus de la même façon. Nul doute que l'absence de Chloé le privait de son principal repère temporel. Et puis, après avoir tout perdu, il avait bien été forcé de renaître et cela lui donnait l'impression d'avoir rajeuni. Les jours passaient mais c'était la première fois depuis longtemps que cela n'avait rien d'angoissant. Aussi avait-il été très étonné de constater un matin que sept ans venaient de s'écouler depuis que Christine lui avait enlevé sa fille. Il ne savait pas comment résumer ces années où aucun fait marquant ne semblait devoir se détacher des autres. Il avait déménagé, déployé des trésors d'énergie pour oublier ce qu'avait été sa vie, passé son temps à se défiler lorsqu'il aurait fallu en parler et, finalement, ses souvenirs encombraient toujours l'horizon.

Depuis peu, Marc avait commencé à dire "la maison" en parlant de son campement et, en effet, l'endroit changeait lentement. L'appentis en bois qui avait longtemps prolongé la caravane venait d'être remplacé par un bâtiment en dur couvert de tuiles et, peu à peu, Marc montait des murs pour poser l'une après l'autre, sur l'arc de cercle du terrain, les pièces d'une future maison. Les arbres et les plantes avaient poussé et un joli jardin s'étageait jusqu'à la limite des vergers. Il se réveillait dans des senteurs de figuier et, les jours de grosse chaleur, l'eucalyptus distillait son essence odorante jusqu'à la nuit tombante.

Un samedi où il faisait particulièrement beau, Marc traînait paresseusement à l'abri de sa treille. Comme souvent le week-end, il entendait de jeunes enfants jouer dans le ruisseau, au loin. Ça s'était passé très vite, il l'avait aperçue dans une minuscule percée entre les troncs des cerisiers, comme un fantôme pressé de retourner à l'obscurité. C'était une petite fille blonde avec une robe à volants qui sautait d'un caillou à l'autre pour garder les pieds au sec et, une fraction de seconde, il avait cru voir Chloé. Ç'avait été comme une décharge électrique violente, Marc avait bondi sur ses pieds et, une fois debout, haletant et déséquilibré, il avait pris conscience du ridicule de sa situation. Si Chloé ressemblait à cela la dernière fois qu'il l'avait vue, elle avait dû considérablement changer après toutes ces années. Pourtant, dans les jours qui avaient suivi, il avait écrit à son ancien associé pour lui demander des nouvelles de sa fille.

Marc avait pris sa voiture et il avait foncé sur l'autoroute, talonné par l'angoisse de ne pas reconnaître Chloé. Il était arrivé vers 15 h 30 devant le collège et n'avait pas eu à attendre longtemps pour voir déferler vers la sortie une vague de préadolescents. Il avait repéré Chloé de très loin lorsqu'elle avait surgi de l'obscurité du préau comme une pénible évidence. Et pourtant, son air traqué, sa silhouette flottant dans de grands voiles flous, sa façon de marcher les pieds en dedans, la couleur terne de ses cheveux mi-longs, son visage fermé, rien n'évoquait la petite fille qu'il avait quittée sept ans plus tôt. La main crispée sur le levier de vitesse, Marc avait démarré en trombe. Cette adolescente murée dans sa tristesse et son mal de vivre avait longtemps hanté ses nuits.

Les rapports de Marc avec les femmes étaient conditionnés par son mode de vie. Si certaines ne supportaient pas l'idée de passer la nuit dans une roulotte perdue en pleine nature, d'autres étaient enchantées par cette perspective. A celles qui acceptaient de participer à sa robinsonnade, que les douches en plein air et la vaisselle à l'eau froide n'effrayaient pas, Marc accordait un peu de temps. Elles étaient désormais autorisées à revenir et pouvaient même s'attarder. Bien sûr, on lui reprochait de ne jamais parler de lui, de ne pas souvent faire les frais de la conversation ou d'avoir toujours une pelle à la main, mais Marc était parvenu à vivre des moments d'harmonie dont il s'était longtemps cru incapable. Un matin, il s'était levé tôt pour creuser une rigole destinée à maintenir la terrasse hors d'eau et il avait laissé dormir la femme qui venait de partager sa nuit. Après avoir peiné sur sa pioche, il avait pris une douche glacée et préparé du café pour retourner s'étendre un moment. Il l'avait trouvée endormie sur le ventre, les cheveux répandus dans le pli de son coude. Une de ses cuisses pointait vers sa poitrine et tout son corps semblait tendu vers un plaisir inaccessible. Marc avait doucement caressé les replis mats de son sexe endormi et elle s'était éveillée peu à peu en soupirant. Il lui avait fait l'amour avec douceur, comme on reconduit un somnambule à son lit et, dans les phases successives de son réveil, c'est elle qui avait choisi le rythme de leur étreinte. La matinée était déjà bien avancée, le soleil tapait à la verticale sur le toit. Leurs corps glissaient l'un sur l'autre comme s'ils étaient huilés et la moiteur de leur peau les aspirait pour faire s'embrasser chaque rondeur avec chaque creux. Leur étreinte avait duré longtemps et ils avaient joui bruyamment pour retomber désarticulés et tremblants sur les draps trempés. Lorsque Marc avait retiré son préservatif, elle lui avait réclamé un bébé dans le creux de l'oreille. Il avait bondi hors du lit, avait jeté son préservatif bien en évidence en plein soleil et s'était précipité sous la douche. Il avait fallu un peu moins d'une demi-heure pour que la jeune femme, se heurtant à un violent mutisme, considère qu'elle n'avait plus qu'à s'éclipser. Marc avait laissé sa voiture s'éloigner avant de sauter dans la sienne pour filer vers les dunes où se retrouvaient les couples échangistes.

Avec Martine, les choses avaient été plus simples. Elle n'était pas bavarde, elle passait son temps à l'ombre de la treille assise devant un petit carnet à spirale sur lequel elle dessinait à la mine de plomb. Quand elle ne dessinait pas, elle ne renâclait pas à donner un coup de main à Marc, elle pouvait rester des heures à ajuster les pierres d'un muret en jouissant tranquillement du chant des cigales. Leur histoire avait commencé à la fin de l'été, un soir où ils s'étaient attardés sur la terrasse, à regarder tomber la nuit. Marc lui avait tout naturellement proposé de rester. Entre eux, une harmonie silencieuse s'était vite imposée et l'automne avait passé sans qu'ils s'en rendent compte. Au passage de la nouvelle année, les choses avaient changé sans pourtant que Marc y prête attention. Comme Martine ne parlait pas, il avait eu le tort de croire qu'elle ne lui demandait rien. Or, il pouvait s'enfermer chez lui des jours entiers sans qu'elle ait l'impression de lui avoir manqué et elle commençait à en souffrir. Marc avait insisté pour qu'elle leur organise des vacances à la neige et elle s'était laissé faire. Martine connaissait bien le Jura, elle avait réservé un hôtel agréable pour que tout se passe au mieux. Mais, cette fois, c'est elle qui s'était défilée. Elle avait appelé Marc la veille du départ pour lui annoncer qu'il valait mieux qu'ils en restent là. Elle ne partait pas, elle avait changé d'avis.

Marc était donc parti seul. A l'hôtel, il s'était retrouvé en compagnie de couples de retraités et le patron, qui avait son âge, s'était tout de suite pris d'affection pour ce vacancier solitaire qui séjournait dans une chambre double réservée par une femme. Marc avait commencé à explorer les environs à ski dès le lendemain de son arrivée et, le soir, il s'était endormi épuisé et ravi quelques minutes après la fin du dîner. Les jours suivants, les circuits balisés lui avaient paru étriqués et il s'était enhardi sur des chemins de randonnée indiqués sur sa carte d'état-major. Il avait traversé de vastes étendues de neige sans croiser personne et il s'était rendu compte que Martine ne lui manquait pas vraiment.

Un jour, Marc s'était lancé à l'assaut d'une crête délimitant la frontière suisse. Le parcours était simple, il devait s'enfoncer dans une combe pour rejoindre un massif qui le mènerait à un col. Mais la neige était abondante et le vent avait formé d'immenses congères qui compliquaient le relief. Marc avait du mal à trouver son chemin entre les sapins et il avait coupé à travers une clairière. Rapidement, il s'était rendu compte qu'il tournait en rond. Ses traces ne lui indiquaient même plus quelle direction prendre pour revenir sur ses pas. Il avait vite compris que tout se ressemblait et qu'il lui aurait fallu une boussole pour parvenir à sortir du labyrinthe où il s'était enfermé. Alors, Marc avait entrevu avec une netteté terrifiante qu'il allait mourir, là, tout seul.

Loïc marche à grandes enjambées sur la piste damée. Marc le suit en observant le mouvement de ses jambes, fasciné par l'assurance de ce corps qui lui semble symboliser la jeunesse qu'il a déjà perdue. Il n'a pourtant que cinq ou dix ans de plus que Loïc mais, évidemment, ce sont des années qui ont compté double pour lui. Il se répète que Loïc lui a sauvé la vie et comprend soudain qu'il ne s'est pas perdu par hasard. Après avoir déménagé, coupé les ponts avec tous ceux qu'il avait fréquentés pendant dix ou vingt ans, il s'est choisi un bout de terre pour s'enraciner mais tout cela n'a pas suffi, peut-être devait-il flirter avec la mort pour redémarrer vraiment. Marc observe les arbres dont les branches plient sous le poids de la neige et se sent enfin prêt à vivre de nouveau. C'est une sensation violente qui parcourt d'abord ses membres en un long frisson et puis, dans les profondeurs de ses entrailles, quelque chose se déchire soudain. L'oiseau de proie qui gardait son cœur prisonnier entre ses serres se met soudain à battre des ailes. Les côtes de Marc se soulèvent et s'écartent comme des barreaux devenus élastiques et le rapace prend son envol. Loïc n'a pas remarqué que Marc s'est arrêté un instant, cloué sur place. L'écart entre eux se creuse et Marc reprend sa marche pour le rejoindre. Il laisse couler sur ses joues les larmes qu'il a patiemment attendues pendant toutes ces années.

Sur une crête les deux hommes s'asseyent sur le même rocher. Marc fixe l'horizon qui blanchit à perte de vue, accrochant des irisations bleutées. Il respire profondément et déglutit. Les sons restent coincés dans sa gorge mais il parvient à articuler.

"C'est beau…"

Loïc se tourne vers lui et sourit. Marc est bouleversé par ce sourire empreint d'une évidente bonté. A son tour, Loïc formule avec difficulté une phrase.

"C'est ça qui m'a sauvé."

Il regarde le ciel bleu et brusquement lui prend l'envie de dire ce qui lui est arrivé. C'est la première fois qu'il se sent capable de raconter sa vie.

Loïc avait rencontré Laure dans sa vingt-neuvième année et le temps s'était arrêté au lendemain de leur première nuit d'amour. Il n'avait pas dormi et, en regardant le ciel s'éclairer doucement, il ne s'était même pas demandé combien de temps ça pouvait durer, leur histoire avait commencé bien avant leur rencontre, et il s'était dit qu'il n'avait aucune raison de vivre sans elle. Pour pouvoir rester auprès d'elle, Loïc s'était fait muter dans un bureau en ville où il ne parvenait même pas à s'ennuyer. Lui à qui l'idée d'être enfermé toute la journée faisait horreur, il n'y pensait déjà plus. Un jour, ils s'étaient rendu compte qu'ils ne savaient plus très bien depuis combien de temps ils vivaient blottis l'un contre l'autre et avaient décidé d'entraîner un enfant avec eux sur les chemins. Peu après la naissance de Jonathan, ils s'installaient dans une petite maison en pleine campagne, Laure s'aménageait enfin un atelier de couture dans une aile de la maison et la vie s'écoulait paisiblement. Dès ses premiers pas, Jonathan était parti à la découverte de la nature alentour. Laure avait des commandes, elle s'était trouvé un fournisseur qui lui proposait des tissus magnifiques et Loïc travaillait à mi-temps.

Un jour, peu avant l'été, Loïc avait trouvé un message des gendarmes en rentrant du travail, un petit papier laconique épinglé sur la porte, il devait passer les voir au plus vite. Loïc avait couru et, lorsqu'il était arrivé, hors d'haleine, les gendarmes l'avaient fait asseoir dans un petit bureau. Là, avant même que le capitaine prenne la parole, il avait compris que sa vie venait de s'arrêter. Loïc avait sombré dans un brouillard nauséabond qui l'empêchait de voir le jour. Il s'était laissé conduire à la morgue pour reconnaître les deux corps mutilés et s'était évanoui. Dans les semaines qui avaient suivi, il avait commencé à faire semblant de vivre et autour de lui, dans l'ensemble, on y avait cru. Il avait demandé une mutation et, grâce à l'appui de son chef de service, avait obtenu un bout de frontière dans les montagnes. C'était le cadre idéal pour se couper du monde, préserver quelques souvenirs et apprivoiser lentement l'horreur avec laquelle il lui fallait vivre désormais.

Marc se demande si quelque chose n'est pas sur le point de changer. Comme d'habitude, il a écouté Loïc en silence, l'a relancé lorsqu'il se taisait, s'est intéressé à son histoire avec sincérité tout en veillant à ne pas se dévoiler. Mais il y a dans la spontanéité affectueuse de Loïc quelque chose qui le touche, qui lui donne envie de partager ses souvenirs. Il se sent en confiance, la gentillesse de Loïc fait vaciller ses défenses.

Loïc propose à Marc d'aller chercher ses affaires à l'hôtel et de s'installer chez lui pour quelque temps.

DEUXIÈME PARTIE

Depuis le matin, un vent glacial secoue les arbres du parc et fait siffler les huisseries des couloirs qui desservent les chambres. Après le petit-déjeuner, Bénédicte est remontée se coucher pour lire au chaud sous les couvertures. Vers 9 h 30, il a fallu qu'elle se justifie. Bien sûr, elle est libre d'assister ou non à la séance collective mais elle doit pouvoir dire pourquoi elle fait ce choix. Le jeune médecin qui la suit semblait de bonne humeur et les choses se sont passées simplement. D'abord, elle a souri en voyant sa coiffure, il avait dû traverser le parc pour changer de pavillon et ses cheveux formaient une sorte de nid étrange au sommet de son crâne. Il l'a dévisagée d'un air professionnel à mi-chemin entre la compassion, la suspicion et une froideur un peu affectée mais Bénédicte lui a mis sous le nez la couverture du livre pour lequel elle avait choisi de déserter le groupe de parole du matin. Soudain, le jeune médecin a eu l'air égaré comme quelqu'un qui ne connaît pas et se dit qu'il devrait connaître, il est ressorti en lui souhaitant une bonne journée.

La vie à La Bégude est conforme à ce que Bénédicte attendait en signant son placement volontaire.

Elle se sent protégée du monde par les murs d'enceinte du parc, elle peut parler de son mal de vivre, s'y attarder, et ce n'est jamais plus au détriment de ses proches. Pourtant, Philippe a été irréprochable, toujours le premier à lui conseiller d'aller consulter, de prendre les choses en main. Cependant, elle ne pouvait s'empêcher de penser que tout cela devait aller vite, qu'elle était obligée d'être efficace et que, dans sa guérison, ce n'était pas tant son bien-être qui était en jeu mais plutôt l'équilibre de la maisonnée. Depuis son arrivée, elle a compris qu'elle s'était beaucoup trop oubliée, comme si sa rencontre avec Philippe, la naissance d'Eléonore puis de Xavier avaient constitué un patrimoine vivant qu'elle s'était assignée à entretenir et à faire fructifier aux dépens de sa propre existence. Lorsqu'elle y pense, elle n'a pas l'impression d'avoir fait un choix et de l'avoir défendu mais au contraire de s'être retrouvée, sans y avoir été préparée, à la tête d'un héritage. On lui a transmis un modèle, elle s'y est conformée et s'est effacée derrière lui. Depuis qu'elle est loin de sa famille, Bénédicte se trouve confrontée à une douleur nouvelle : pendant des années, elle a menti à ceux qu'elle aime, leur faisant croire qu'ils incarnaient son choix, sa liberté là où ils n'étaient, en fait, que les différentes facettes de son aliénation.

Chloé entrouvre la porte de sa chambre pour y glisser son visage timide. En assistant aux groupes de parole, Bénédicte s'est découvert des points communs avec les autres. Elle fait signe à Chloé d'approcher. Elle porte un tee-shirt moulant turquoise sur lequel est inscrit *"Vitamines addict"*. Elle vient s'asseoir sur le lit et pose sur Bénédicte qui, de nouveau, s'oublie pour la materner, ses grands yeux un peu vides. Chloé esquisse un pâle sourire qui ne parvient pourtant pas à éclaircir son regard brouillé.

Chloé a vingt ans mais, sur son visage, l'enfance le dispute à la vieillesse. Tout son être exprime une patience résignée. Elle semble attendre la prochaine crise qui la secouera violemment et la laissera exsangue pendant quarante-huit heures. En arrivant, Bénédicte s'est instinctivement prise d'affection pour cette jeune femme un peu pâle habitée par une mélancolie comparable à la sienne.

Chloé avait demandé à venir à La Bégude pour échapper à sa mère avec qui elle ne supportait plus de vivre. La rancœur qui gangrenait leur relation s'était peu à peu muée en violence et l'atmosphère était devenue insupportable. Bénédicte et Chloé font de longues promenades dans le parc et mangent à la même table. En séance individuelle, le psychiatre l'a fait longuement parler de cette amitié et, comme il s'y attendait, Bénédicte a vite dévié sur ses enfants. Il l'a mise en garde à mots couverts, lui faisant comprendre que la pathologie de Chloé était plus grave qu'il n'y paraissait mais, malgré cela, sa première crise fut un choc pour Bénédicte. Aucun signe avant-coureur n'avait annoncé cette brusque explosion d'agressivité. Chloé s'en était prise au jeune homme qui distribue les journaux, le courrier et les bouteilles d'eau minérale. Elle s'était jetée sur lui en hurlant, lui avait griffé le visage avant de se précipiter dans le couloir pour appeler au secours. Si le médecin n'était pas arrivé immédiatement, accompagné de deux infirmiers, Bénédicte aurait sûrement pris le parti de son amie mais ils avaient maîtrisé Chloé qui se jetait contre les murs en tremblant pour lui faire une injection et la mettre au lit. Les trois ou quatre crises suivantes auxquelles Bénédicte avait assisté lui avaient permis de constater qu'elle pouvait s'en prendre à n'importe qui mais qu'il s'agissait de préférence d'hommes plutôt séduisants.

Chaque fois, Bénédicte ressent une vive douleur en voyant Chloé déraper vers une folie qui lui fait peur puis le calme revient et Chloé retrouve son air résigné et doux, le visage impassible qu'elle a ce matin en prenant un livre sur la table de nuit avant de s'allonger aux pieds de Bénédicte sur la couverture.

L'après-midi, Bénédicte ne supporte plus de rester enfermée entre quatre murs. A cette heure-là, Chloé fait sa sieste obligatoire et Bénédicte, qui n'y est pas contrainte, s'ennuie. On a passé la mi-juin mais le temps de Toussaint persiste. Elle a envie de braver les éléments et de sortir faire un tour dans le parc. Elle ceinture son vieil imperméable et se dirige vers la porte d'un pas suffisamment décidé pour couper court à toute question.

Les portes des pavillons sont closes et certaines fenêtres ont des reflets jaunâtres de lumière électrique. Bénédicte avance contre le vent, elle est entièrement absorbée par les efforts qu'elle doit fournir pour rester debout et se sent forte comme une enfant qui se fait un devoir de trouver son escapade exaltante. Elle dépasse la terrasse et l'abri où ont lieu les fêtes. L'immense barbecue maçonné sur lequel on fait cuire les brochettes est propre comme jamais, le vent a tout balayé sur son passage. Dans un coin, les transats, pattes ouvertes, ont été bousculés les uns sur les autres jusqu'à trouver un mur pour arrêter leur course. Bénédicte approche de la grande piscine en béton gris au bord du verger. Les cerisiers ont été couverts de filets pour protéger les fruits des oiseaux mais la plupart se sont envolés, ils traînent en bouchon au bord du bassin, certains flottent même entre deux eaux. De toute façon, le vent et la pluie ont fait tomber toutes les cerises et les merles n'ont qu'à se servir à même le sol. Poussée par une rafale de vent, une nuée d'oiseaux s'abat brusquement sur le verger. Bénédicte prend peur en les voyant et, instinctivement, recule. Dans son affolement, ses pieds s'emmêlent dans un paquet de filets et elle se baisse pour se délivrer de ce piège mais le vent lui fait perdre l'équilibre, elle oscille dangereusement au bord de la piscine et, sans parvenir à se libérer du Nylon qui lui enserre les jambes, elle tombe à l'eau. Bénédicte se débat mais le filet ne cède pas, son souffle devient court, elle boit la tasse plusieurs fois et se sent irrémédiablement entraînée vers le fond. L'eau entre dans son corps, elle étouffe, ses pensées deviennent floues.

Chloé a recraché le sédatif que l'infirmière lui a apporté après déjeuner. C'est un jour où elle veut rester en éveil, tenter de faire le point sur ce qui lui arrive. Elle aimerait comprendre pourquoi sa violence jusqu'alors dirigée contre sa mère s'est brusquement déplacée vers de nouveaux objets. Elle tourne en rond dans sa chambre d'un pas léger pour ne pas se faire repérer et le mouvement l'aide à éclaircir ses pensées. En apercevant Bénédicte dans le parc elle se dit qu'elle aurait préféré la suivre mais se contente de l'observer par la fenêtre, toute à sa solitude. Quand Bénédicte bascule dans le bassin, elle réagit immédiatement, court aussi vite que possible à travers les couloirs du pavillon et se précipite dans le parc. Un infirmier la voit passer et donne l'alerte.

Bénédicte glisse au-delà des limites de sa conscience quand une main ferme lui attrape le poignet et la hisse hors de l'eau. Chloé allonge Bénédicte sur les pierres qui bordent la piscine et la retourne pour vider ses poumons. Elle lui fait le bouche-à-bouche, lui insuffle un peu de son oxygène. Bénédicte revient doucement à la vie et découvre Chloé tout près de son visage. Dans ses yeux, nulle trace de l'opacité qui ternit habituellement son regard, la jeune femme perdue s'est diluée dans la détermination qui l'a brusquement assaillie.

Quand les infirmiers arrivent, ils constatent qu'ils se sont trompés, Chloé n'est pas en crise, elle vient seulement de sauver une de leurs patientes de la noyade. Enroulées dans des couvertures, les deux femmes se réchauffent et marchent côte à côte vers le pavillon en se souriant comme deux adolescentes fugueuses qu'on ramène à leur camp de vacances.

C'est le soir, Bénédicte est emmitouflée dans un vieux châle, elle n'arrête pas d'éternuer. Pour la première fois depuis son arrivée à La Bégude, elle a le sentiment que la vie continue à bouillonner sous le voile de tristesse qui brouille la surface. Il n'est pas impossible que demain elle se réveille d'humeur joyeuse.

Depuis l'enfance, Bénédicte avait toujours été propre, ordonnée et méticuleuse. C'était une petite fille serviable et souriante, d'humeur égale. Elle n'était baignée d'aucune aura, on ne trouvait rien de remarquable à signaler lorsqu'on parlait d'elle et, dans ce contexte, la solution qui lui avait semblé la plus appropriée pour avancer dans la vie avait justement été de ne pas se faire remarquer. Elle était devenue une élève douée puis une étudiante prometteuse. Elle ferait de brillantes études et serait la première à défaut d'être la plus jolie. Ensuite, elle chercherait un homme qui ferait un bon mari.

Un soir de sa vie d'étudiante, un mardi puisque c'était le jour de l'omelette-salade, Bénédicte avait un peu traîné sur un devoir de littérature comparée et, lorsqu'elle avait songé à dîner, elle avait constaté qu'elle avait la salade mais pas les œufs. Et c'est entre les rayonnages d'une épicerie qu'elle avait rencontré Philippe, un grand jeune homme brun et maigre. Son regard noir aurait normalement dû lui faire baisser les yeux et, pourtant, elle l'avait dévisagé en retour lorsqu'il s'était plaqué contre les bouteilles d'alcool pour la laisser passer. Il l'avait rejointe un instant plus tard, une bouteille de gin à la main, alors qu'elle inspectait un à un les œufs contenus dans une boîte de six. Il l'avait précédée à la caisse mais l'épicier lui avait fait remarquer qu'il manquait cinq francs pour arriver au minimum accepté pour le règlement par chèques. Philippe avait avisé la boîte d'œufs de Bénédicte et la lui avait prise des mains pour arriver à la somme requise. L'épicier avait eu un sourire de satisfaction en fourrant la bouteille et la boîte dans le même sac en plastique verdâtre et ils s'étaient retrouvés face à face sur le trottoir en riant. Avec une lenteur incroyable, Philippe avait fini par extraire la boîte du sac pour la tendre à Bénédicte. Il avait refusé qu'elle le rembourse.

"Si vous ne voulez pas que je les paie, venez les manger avec moi.

— D'accord… J'apporte l'apéritif…"

Peu après minuit, Philippe était rentré chez lui, à l'autre bout de Paris. Avant de la quitter, il avait déposé un baiser dans son cou.

Bénédicte n'avait pas dormi de la nuit, elle avait écrit des poèmes d'un sirupeux lyrisme qu'elle mettrait à la poubelle quelques jours plus tard pour être sûre que Philippe ne les découvre jamais et elle venait de s'endormir lorsqu'un coursier avait frappé à sa porte pour lui livrer des roses. Dans son petit mot, Philippe lui disait qu'il espérait la revoir très vite car il n'avait pas l'intention de rester longtemps loin d'elle. Le soir même, ils avaient fait l'amour.

Philippe avait bouleversé la vie de Bénédicte. Du jour au lendemain, elle avait ménagé de la place pour l'imprévu et la fantaisie. D'étudiante besogneuse, elle était devenue celle qui évalue exactement le minimum à fournir pour passer les examens au plus juste. À force de lui répéter qu'elle était belle, Philippe avait fini par insinuer le doute en elle. Bénédicte était en tout cas obligée de considérer qu'elle était désirable. Quant à sa beauté, elle avait tellement repoussé cette notion la concernant, qu'il était difficile d'y croire du jour au lendemain mais, à force d'exemples concrets et de comparaisons dans la rue, il l'avait rassurée. Philippe était tendre et attentionné, généreux… Bénédicte se demandait souvent pourquoi un tel bonheur était tombé sur elle mais, avec le temps, elle avait fini par oublier cette question. Il ne lui était jamais rien arrivé d'aussi fort, il était entièrement à elle et elle se donnait totalement à lui. Bénédicte et Philippe s'étaient mariés rapidement, ils avaient vécu quelques années comme des amoureux puis Eléonore était née. Ils étaient devenus de jeunes parents heureux.

Pour couronner le tout, Philippe s'était révélé un bon père qui prenait largement part aux soins que requérait le bébé. Eléonore était une enfant calme, elle avait fait ses nuits au bout de trois semaines. Sa mère avait tout pour être sereine et c'est pourtant à cette époque que l'angoisse avait commencé à se frayer un chemin dans sa vie. Brusquement, lui étaient revenues des sensations qu'elle croyait à tout jamais effacées par la présence de Philippe : la peur au ventre avant les devoirs sur table où chacun savait pourtant qu'elle aurait la meilleure note, la terreur d'être en retard, de rater le bus, la crainte de blesser les autres involontairement avec une réflexion par trop spontanée… Au début, Bénédicte avait tenté de se rassurer, tous les parents vont vérifier la nuit si leur nourrisson respire encore et les femmes font toutes de drôles de rêves après leur accouchement, les livres le confirmaient. Mais ce sentiment d'oppression avait tendance à durer et seule la présence de Philippe parvenait à le dissiper.

Bénédicte avait peu à peu appris à cohabiter avec son mal de vivre. Elle en connaissait les mécanismes, pouvait en prévoir les assauts mais cela ne soulageait en rien son malaise. Au fil des années, une autre crainte, plus insidieuse, s'était fait jour dans son cœur, celle de faire une rencontre susceptible de supplanter son amour pour Philippe.

Après la naissance de Xavier, Bénédicte n'avait pas repris le travail. Philippe gagnait suffisamment sa vie et ils avaient décidé qu'elle prendrait une année sabbatique. Il avait insisté pour que le petit aille à la crèche afin qu'elle puisse profiter pleinement de son temps libre. Mais Bénédicte ne pouvait pas s'empêcher d'y faire un tour sous un prétexte ou un autre. Essayant de se contrôler, elle était allée au cinéma mais ces vies ratées, ces drames en tout genre, ces destins de femmes larguées et dépressives avaient fini par la dissuader de s'enfermer dans le noir en pleine journée avec des inconnus. Elle s'ennuyait, incapable de profiter pleinement de sa liberté, son esprit baignait dans une brume indolore qui prenait toute la place. Un jour, Philippe avait osé lui conseiller de prendre des antidépresseurs. Elle s'était mise à pleurer mais elle avait pris rendez-vous avec leur médecin. Il lui avait parlé d'une voix douce et sucrée comme si elle venait d'atteindre la phase terminale d'une maladie mortelle. Bénédicte l'avait écouté poliment, avait fait son chèque, était passée à la pharmacie puis elle était rentrée se coucher et ne s'était pas levée pour dîner. Dans la nuit, Bénédicte s'était réveillée, elle avait regardé Philippe dormir. Il paraissait malheureux, sans défense. Elle avait pris les boîtes de médicaments et les avait jetés dans les toilettes. Traînant de pièce en pièce, elle avait finalement entassé quelques vêtements dans une valise sans faire de bruit et tiré derrière elle la porte de l'appartement. Dehors, il faisait froid. Bénédicte avait fermé les boutons de son imperméable qui ne la réchauffait pas vraiment. Il était près de 4 heures du matin, elle était debout sous le porche de son immeuble, sa valise posée sur le trottoir et elle n'avait pas appelé de taxi. Là-haut, les enfants devaient dormir, à moins que Philippe ne se soit réveillé et qu'ils n'aient commencé à la chercher.

Tout cela n'avait duré que quelques instants avant qu'elle perçoive, douloureusement, qu'elle n'aurait pas le courage d'assumer sa liberté.

Bénédicte remonta, retrouva l'appartement comme elle l'avait laissé, noir et silencieux. Elle remit tout en place avant de se recoucher. Quand elle glissa ses pieds gelés entre les draps, il lui sembla que la respiration de Philippe n'était pas celle d'un homme endormi. Bénédicte se demanda longtemps s'il s'était levé pour constater son départ mais jamais ils n'en parlèrent.

Avant sa rencontre avec Sophie, Bénédicte n'avait jamais imaginé qu'une femme puisse bouleverser sa vie. Pourtant, quand elle l'avait croisée, malgré le contexte très conventionnel de la soirée, le courant était instantanément passé entre elles, et Bénédicte avait compris que cette femme aurait sur elle une influence qu'elle ne pourrait contrôler. Libre, insouciante et un peu provocatrice, Sophie représentait tout ce que Bénédicte ne serait jamais et, bien qu'un peu plus jeune qu'elle, elle lui parlait sur un ton protecteur mais sans ménagement, comme une grande sœur fantasque initie sa cadette, trop morne à son goût, aux joies de l'existence. Déjà coupable avant même de l'avoir revue, Bénédicte avait manœuvré le plus discrètement possible pour obtenir son numéro de téléphone. Elle l'avait appelée sous un prétexte absurde et Sophie avait été chaleureuse, elle semblait attendre un signe de sa part. Afin de protéger une histoire qui pourrait, pour la première fois peut-être, lui appartenir en propre, elle n'avait pas parlé à son mari de leur premier rendez-vous. Pourtant, en apprenant peu après que Bénédicte s'était fait une nouvelle amie, il l'avait encouragée à vivre pour elle-même, en dehors du cercle familial qui paraissait parfois l'étouffer. Il savait bien que sa femme aurait toujours besoin de quelqu'un sur qui se reposer de façon exclusive jusque dans sa manière de penser, comme si elle manquait de souffle et qu'il lui fallût un *alter ego* plus robuste à ses côtés pour lui insuffler chaque jour un peu de force vitale. Pourtant, il n'avait pas mesuré que cette charge ne pouvait pas être partagée et qu'il avait tout intérêt à demeurer l'unique repère de Bénédicte. Philippe avait simplement manqué d'imagination, il pensait que leur histoire était indestructible.

Sophie avait projeté Bénédicte dans un tourbillon de gaieté qui, pensait-elle, allait chasser tous les nuages. Elle n'avait aucune distance et vivait cette nouvelle amitié dans l'exaltation. Pendant des journées entières elles sillonnaient Paris en tous sens pour le seul plaisir de ne pas se quitter. En fin d'après-midi, elles passaient du temps avec les enfants. C'était l'heure des devoirs ou du bain selon les jours, Eléonore et Xavier étaient ravis qu'on puisse enfin aborder leur scolarité et l'heure du coucher sous un jour léger, presque désinvolte. Lorsque Philippe rentrait, on prenait l'apéritif, c'étaient les vacances toute la semaine. Parfois, les deux femmes grignotaient quelque chose avant de sortir. Souvent, de bar en bar, elles finissaient par passer la nuit dehors et Bénédicte rentrait se mettre au lit très peu de temps avant que Philippe se lève. Il ne lui avait jamais fait de reproche et les enfants s'amusaient tendrement du nouveau visage de leur mère. Comme une adolescente, Bénédicte imaginait que cela durerait toujours. Elle avait bien eu quelques copines mais leurs relations se limitaient au lycée, jamais elle n'avait eu une amie de cœur. Elle en avait rêvé, évidemment, et ne l'avait jamais rencontrée. Grâce à Sophie, à quarante ans passés, tout lui paraissait neuf et excitant, ces sorties nocturnes n'étaient ni plus ni moins des fugues et les endroits où elle l'entraînait lui étaient merveilleusement inconnus. Bénédicte découvrait une nouvelle dépendance mais elle considérait que c'était le prix à payer pour une relation qu'elle voulait exclusive.

Entre-temps, Sophie avait rencontré un homme et, pour une fois, cette histoire semblait devoir durer. Elle l'avait spontanément présenté à Bénédicte qui s'était montrée amicale bien qu'un peu distante. Robin était australien et son niveau de français ne rendait pas la conversation très aisée. Les présentations étant faites, Sophie, qui mettait tant d'énergie à inventer une intimité amoureuse avec Robin, s'arrangea pour continuer de voir son amie seule, étant entendu que dans son emploi du temps la priorité était désormais donnée à son amoureux.

Quand leurs sorties s'étaient espacées pour trouver un rythme de croisière hebdomadaire, Bénédicte, qui ne voulait pas s'avouer la jalousie qu'elle concevait à l'égard de Robin, avait vécu cette mise à distance comme une période de désintoxication, une sorte de sas nécessaire pour revenir à la vie normale.

Et, peu à peu, l'angoisse reprit ses droits. Finalement c'est Eléonore et Xavier qui souffrirent le plus de ce changement. Ils ne comprenaient pas pourquoi leur scolarité – pourtant sans heurt – redevenait un point de focalisation névrotique.

Après avoir filé le parfait amour avec Robin pendant plusieurs semaines, Sophie avait décidé d'organiser une fête avec tous ses amis pour le leur présenter et son appartement s'était vite rempli. Bénédicte avait passé le début de la soirée à montrer qu'elle se sentait chez elle, offrant boissons et nourritures aux uns et aux autres, ouvrant la porte et prenant les manteaux. Une fois sa position de meilleure amie bien établie, elle avait trouvé une chaise dissimulée dans les plantes vertes et s'était assise pour observer les invités.

Pendant qu'elle allait et venait, Philippe s'était installé par terre parmi les Australiens, il riait fort avec Robin en buvant de la bière en quantité. Bénédicte découvrait une facette de la personnalité de son mari qui lui était inconnue. Lorsqu'ils recevaient chez eux, il s'occupait du vin, veillait au confort de chacun avec tact et discrétion. Leurs amis appréciaient son flegme, ils se sentaient rassurés par sa sérénité. Et là, sous ses yeux étonnés, Philippe se tapait sur les cuisses en écoutant de quasi-inconnus raconter des histoires qui, à en juger par les rires gras, pouvaient très bien être un peu salaces. Évidemment, dans sa propension à se faire du mal, Bénédicte s'imagina qu'elle venait de découvrir son vrai visage. Le calme naturel de Philippe, son côté tout simplement contemplatif devenaient dans la tête malade de Bénédicte une composition contrainte et appliquée destinée à apaiser son épouse. C'était elle, forcément, qui l'empêchait de vivre. Dès qu'il l'avait rencontrée ou peut-être était-ce seulement à la naissance des petits, il s'était enfermé dans ce personnage posé et rassurant censé protéger la mère de ses enfants des grondements du monde.

Eléonore, que Sophie avait invitée, s'accrochait à ses basques pour saluer les uns et les autres. Pour ne pas la gêner, Bénédicte l'observait de loin. Eléonore avait une jolie silhouette élancée, une petite robe courte et fluide qui ondulait sur ses hanches à chaque mouvement mais elle se tenait un peu voûtée, les pieds écartés, solidement ancrés dans le parquet, enfermés dans des godillots à semelles épaisses. L'ensemble n'était pas laid, ce n'était pas beau non plus mais la grâce de son âge opérait et rendait sa tenue plutôt attendrissante. Bénédicte aurait bien aimé l'aider à trouver sa voie mais il aurait fallu qu'elle accepte de l'écouter or Eléonore qui se montrait toujours adorable avec sa mère ne pouvait s'empêcher d'être légèrement condescendante. Bénédicte savait que c'était bien involontaire mais elle était blessée par son ton mielleux bien souvent affecté. Bénédicte la regardait sauter au cou de Sophie avec amertume, se demandant pourquoi ces marques d'affection lui étaient réservées.

Il y avait là aussi Élisabeth et Marion qui riaient fort et levaient le coude avec Sophie et Eléonore. Un instant, Bénédicte s'était imaginé demander à sa fille de surveiller un peu sa consommation d'alcool mais, lâchement, la peur de passer pour une vieille conne l'avait emporté et elle était restée assise, à moitié effondrée au milieu de ses plantes vertes. C'est elle qui avait décidé de s'isoler et, pourtant, la jalousie la taraudait. Élisabeth était une copine de gym, Marion une amie d'enfance un peu paumée que Sophie tenait à bout de bras. C'est du moins ce que Bénédicte avait toujours pensé. Depuis sa rencontre avec Sophie, elle avait plus ou moins consciemment minimisé l'importance de ces deux femmes auprès d'elle mais elle se rendait compte qu'elle n'avait pas réussi à les écarter.

Effondrée sur sa chaise, Bénédicte remettait en question l'amitié que lui portait Sophie. Elles avaient partagé tellement de choses, un peu de son adolescence lui avait été rendue, intacte. Et puis, lorsqu'elle avait rencontré Robin, il avait accaparé son cœur sans qu'elle puisse rien y faire. Du jour au lendemain, au détriment de leur amitié, Sophie avait nettement affirmé sa préférence pour l'histoire d'amour exaltante qu'elle vivait.

Bénédicte l'entendait parfaitement, Eléonore s'était mise à parler en anglais. Tout le monde s'amusait de son accent et la bonne humeur était contagieuse. Un blondinet qui semblait avoir laissé son surf au vestiaire s'intéressait de près à Eléonore. Robin avait passé ses bras autour des épaules de Sophie et il ne la lâchait plus. A l'heure où les derniers invités arrivaient en sortant d'un dîner qu'ils n'avaient pas pu annuler, Bénédicte avait envie de rentrer sous terre. Elle aurait souhaité que le plancher s'effondre soudain sous sa chaise et lui fasse traverser tous les étages jusqu'à la cave. Elle aspirait à la fraîcheur moite d'un sol en terre battue, à l'obscurité opaque d'un caveau, à l'odeur d'humus et de salpêtre du sous-sol. Avec son sens du drame et de la démesure qui se réveillait chaque fois que l'angoisse la possédait, elle se figurait que quelque chose d'essentiel venait de se briser entre Sophie et elle.

Philippe avait fini par se lever, peut-être un peu alerté par le visage rembruni de sa femme. Il s'était approché pour poser une main sur son épaule. Bénédicte n'avait pas réagi.

"Tu préfères être seule… Je te laisse."

Bénédicte avait eu envie de le gifler mais elle avait manqué de courage. Pour qui se prenait-il à penser toujours à sa place, à devancer ses moindres caprices? Il n'était pas médecin et il n'avait jamais été dit qu'elle était malade. Au moment où Philippe s'éloignait, un mouvement de panique s'était dessiné du côté de la cuisine où une épaisse fumée noire sortait du four. Dans la mesure où Sophie et Eléonore donnaient la note à l'hystérie générale, il avait été pour Bénédicte facile de se frayer un chemin jusqu'à l'entrée sans se faire remarquer.

Tout son corps lui faisait mal et elle ne savait plus vraiment ce qu'elle faisait. Elle avait paré au plus pressé en échafaudant un plan puéril autour de sa fuite. Elles avaient souvent souri en regardant l'enseigne de l'*Hôtel du Chariot d'Or*, juste à côté de chez Sophie, se demandant à quel péplum ce char faisait référence sans jamais pouvoir tomber d'accord. Bénédicte était entrée d'un pas qu'elle croyait décidé dans le hall de l'hôtel. A l'instant où elle avait senti dans sa main le poids du lourd porte-clés et que l'odeur de métal usé était montée jusqu'à ses narines, elle avait été rassurée. Elle venait de prendre une décision pour elle seule, elle en était contente. Dans la chambre, elle s'était glissée nue entre les draps rêches au parfum de lessive industrielle et s'était endormie presque immédiatement en souriant.

Son retour chez elle l'avait brutalement ramenée à la réalité. Après avoir franchi le porche le cœur léger, elle avait pris l'ascenseur pour arriver jusqu'à leur étage et avait cherché ses clés dans son sac. Mais elle n'avait pas eu le loisir de s'en servir, la porte s'était ouverte toute grande, découvrant un mari qui paraissait immense et menaçant dans sa façon de barrer l'entrée. Il avait eu une drôle de façon d'avancer et de reculer plusieurs fois en se tordant les mains avant de la gifler. Puis il s'était excusé avec des larmes plein les yeux en disant qu'il avait passé la nuit à se demander ce qui lui était arrivé.

Bénédicte avait retiré son imperméable et s'était enfermée dans la cuisine. Elle avait mis un tablier pour jouer méticuleusement son rôle de mère de famille irréprochable. C'était dimanche, les enfants auraient une tarte pour le dessert et, pour l'apéritif, elle confectionnerait elle-même les amuse-gueules que Philippe aimait tant. Elle avait effectué chacun de ses gestes avec une application obsessionnelle, lavé au fur et à mesure sa vaisselle, nettoyé le plan de travail avec du détergent et, peu à peu, tout s'était mis en place, les enfants attirés par les bonnes odeurs de cuisine étaient venus se renseigner sur le menu et ils en avaient informé leur père. Le seul détail suspect dans ce tableau idyllique était sans doute l'empressement d'Eléonore et de Xavier à mettre la table. Leur serviabilité ostentatoire évoquait la façon qu'ont les enfants de se rassurer, dans certaines familles, après une scène de ménage particulièrement violente.

Chacun y mit du sien et la journée se passa sans heurts. A table le regard de Philippe croisa plusieurs fois celui de sa femme en implorant son pardon. Bénédicte leva son verre dans sa direction et, d'un geste vague signifiant que l'incident était clos, elle balaya sa culpabilité.

Un jour de printemps, Sophie demanda à Bénédicte de la rejoindre à une terrasse de café, boulevard Saint-Germain. Elle finissait de faire l'ourlet d'un pantalon pour Xavier et elle n'était pas mécontente de trouver un prétexte pour se distraire de sa tâche. Elle la repéra au milieu des quotidiens dressés ostensiblement devant des visages fermés et la trouva particulièrement rayonnante. Ce que Sophie avait à lui dire tenait en peu de mots : "Je vais quitter Paris, je pars en Australie avec Robin. Tu ne peux pas savoir comme je suis heureuse."

Sophie exposa toutes les promesses de félicité que lui réservait sa nouvelle vie mais Bénédicte n'écoutait plus. Elle était en état de choc, hébétée comme un piéton venant de se faire renverser par une voiture se remet seul sur ses pieds, se demandant pourquoi il est toujours en vie. Ce n'était pas de la douleur mais plutôt un état d'anesthésie générale. Elle avait tellement redouté cette phrase qu'elle était malgré tout soulagée de l'avoir entendue. Ainsi donc, elles étaient arrivées au bout du chemin, cela avait fini par se produire. Il fallait se dire adieu, apprendre à vivre autrement.

Sur le boulevard qui avait un air de fête avec l'arrivée du printemps, Sophie serra son amie dans ses bras pour l'embrasser avec un peu d'emphase. Bénédicte s'éloigna le nez au vent, les yeux perdus dans le vert tendre des arbres. Elle était décidée à oublier sur-le-champ ce qu'elle venait d'entendre.

Philippe et Eléonore l'attendaient à la maison. Sa fille avait fait du thé et son mari s'était installé dans un fauteuil confortable, l'incitant à faire salon un moment. Une fois de plus, on la protégeait comme une malade dont on craignait la rechute. Le regard interrogateur et un peu anxieux d'Eléonore et de Philippe avait quelque chose d'insupportable. Bénédicte décida donc de jouer la carte de la dignité et du détachement. Elle se remit calmement à sa machine à coudre pour finir le pantalon de Xavier. Il était entendu que le sujet ne serait plus abordé à la maison, elle pouvait de nouveau s'appliquer à oublier la nouvelle.

L'avion de Sophie partait le 3 septembre et Bénédicte voyait approcher cette date d'un œil serein, ce qui ne manquait pas d'inquiéter Philippe. D'ailleurs, il avait tout organisé pour ce jour-là et sa femme n'avait pas eu son mot à dire.

Le matin du départ, ils accompagnèrent les amoureux, convoyant une partie de leurs volumineux bagages. A Roissy, l'ennui propre à ce genre d'endroit les rattrapa et chacun fut soulagé à l'annonce de l'embarquement. Ils les suivirent jusqu'au contrôle des passeports mais Philippe ne voulut pas s'attarder, il prit sa femme par la taille pour l'entraîner vers le parking.

C'est dans la voiture que Bénédicte avait commencé à se sentir prise de vertiges. Elle les avait d'abord attribués aux courbes sévères des rampes de sortie du parking mais l'arrivée sur l'autoroute rectiligne n'avait rien changé. Elle avait le sentiment de tomber dans un trou tapissé de coton, il n'y avait aucun choc, aucune douleur.

Dans les jours qui avaient suivi la sensation de flottement s'était confirmée mais Bénédicte s'était bien gardée d'en parler. Elle faisait la sieste et se couchait de bonne heure. Philippe s'occupait de tout et il veillait à ne pas la brusquer. De façon très injuste, Bénédicte avait alors développé une forme d'agressivité instinctive à l'égard de son mari. Elle était irritée par sa façon d'être toujours parfait et rassurant, par ses manières de garde-malade professionnel. Peu à peu, elle avait appris à vivre au ralenti et la sensation d'engourdissement permanent qui s'était abattue sur elle ne l'empêchait plus de sortir. Elle se promenait, observant le mouvement ininterrompu des passants et des véhicules dans Paris avec la sensation de regarder le monde derrière une vitre blindée. En rentrant chez elle, Bénédicte essayait de se poser sur une chaise puis sur un fauteuil ou sur le canapé et, lorsqu'elle avait enfin constaté que rien ne lui convenait, il ne lui restait plus que la douleur de ne jamais plus se sentir à sa place.

Finalement, après des jours de mistral interminables, l'été semble vouloir s'installer pour de bon. Le soleil est revenu, la lumière est presque blanche en début d'après-midi à La Bégude. Installée sur un banc en plein soleil, Bénédicte laisse les rayons brûlants caresser sa peau. Elle se sent vivante comme ça ne lui est pas arrivé depuis une éternité. Aucun tourment ne vient gâcher son plaisir, aucune pensée négative ne parvient à l'atteindre. Elle se demande simplement si elle aura le courage de sortir un jour de cet endroit pour retrouver le monde mais cette question ne s'attarde pas dans son esprit, elle le traverse légèrement avant de disparaître. A Paris, l'air doit être irrespirable, la circulation assourdissante. Là, le silence environnant et l'odeur des cyprès agissent comme un baume qui peu à peu couvre le corps d'une douceur qu'on croyait perdue à jamais. Bénédicte est sûre d'avoir fait le bon choix, pas un jour depuis son arrivée ici elle n'a regretté sa décision.

Au loin, par-delà la tonnelle, elle aperçoit le verger et, juste à côté, la piscine. Depuis son accident quelque chose a changé. Pas une fois elle n'a manqué sa séance du matin et, à force d'en parler, elle a compris qu'elle avait eu peur de perdre la vie. Un mois plus tôt, elle aurait juré que c'était le cadet de ses soucis mais elle constate aujourd'hui que cette perspective l'a brusquement terrifiée. Perdant peu à peu connaissance au fond de l'eau, l'idée de mourir lui a été insupportable.

Dès que les médecins ont autorisé les visites, Philippe et les enfants ont sauté dans le train pour Nîmes un samedi matin. Bénédicte s'est habillée de la façon la plus élégante possible pour ne pas ressembler à une malade et les a attendus avec un livre dans le hall d'accueil.

A un moment donné, distraite de sa lecture, elle leva la tête et les aperçut derrière les grandes portes vitrées, perdus, désemparés. Elle se leva pour aller à leur rencontre les mains en avant comme une maîtresse de maison enjouée mais les embrassades furent étrangement froides et silencieuses. Bénédicte entraîna Philippe et les enfants à travers le parc vers un vieux soustet couvert de vigne vierge qui les protégerait un peu du vent. En se coupant la parole, chacun débita très vite des phrases qu'il avait dû préparer, des informations sur la vie de tous les jours, les résultats scolaires des enfants, la compétition de judo de Xavier, la plante verte du salon qui avait fait une fleur… Et Bénédicte se mit à pleurer presque immédiatement, se sentant perdue face à des étrangers à qui elle n'avait plus rien à dire. Elle ne parvenait pas à s'intéresser à ce qu'ils lui racontaient et elle savait qu'elle ne pouvait absolument pas évoquer sa vie à La Bégude. Aucune des anecdotes qui venaient égayer son quotidien ne pouvait les intéresser. Philippe se leva en disant qu'ils allaient la laisser se reposer et ils s'éclipsèrent rapidement en lui laissant les cadeaux qu'ils lui avaient apportés.

Bénédicte ne descendit pas dîner ce soir-là. Son médecin monta la voir vers 20 heures et se voulut rassurant. Ce qu'elle éprouvait était plus que normal, ils allaient revenir une petite heure demain avant de reprendre leur train, c'était important pour eux qu'elle les reçoive, ensuite, tout redeviendrait calme. Bénédicte tourna en rond un moment dans sa chambre, déballa la boîte de chocolats très chers qu'ils avaient achetés pour elle dans le 7e arrondissement pour constater qu'ils ne lui faisaient pas envie. C'était typiquement un cadeau d'hôpital, de ceux qu'on laisse au bureau des infirmières après le décès. Et puis elle retrouva un petit paquet auquel elle n'avait pas vraiment prêté attention, une boule de papier absorbant un peu humide. Délicatement, elle écarta le papier pour découvrir la fleur que Philippe avait cueillie sur la plante du salon. Elle regarda la corolle grasse et flasque, ridicule au milieu de sa chambre de La Bégude, arrachée à sa tige pour croupir dans du papier humide et se remit à pleurer. Philippe avait voulu lui faire plaisir, recréer un lien entre elle et leur appartement familial. Sa gentillesse lui était insupportable. Bénédicte prit le comprimé de somnifère que le médecin lui avait laissé et elle se mit au lit.

Le lendemain, la visite se déroula beaucoup plus sereinement. Ils avaient passé la nuit à l'hôtel du village voisin et avaient profité de la matinée pour sillonner un peu la région autour de La Bégude. Ce qu'ils lui racontèrent lui sembla plus proche d'elle et l'heure qui leur était impartie passa vite. Les adieux furent chaleureux et, comme le médecin l'avait dit, le calme et la régularité s'imposèrent de nouveau dans la vie de Bénédicte.

Depuis plusieurs jours Bénédicte a remarqué une certaine fébrilité chez sa jeune amie. Au début, elle a cru aux signes avant-coureurs d'une crise mais, comme rien ne venait, elle a pris l'initiative d'en parler à une séance du matin. Le médecin lui a dit que Chloé allait bientôt avoir la visite de son père et que c'était sans doute la cause de son anxiété. Chloé avait sept ans la dernière fois qu'elle l'a vu. Elle craint de ne pas le reconnaître et affirme n'avoir jamais eu, de sa vie, aussi peur.

La visite étant prévue pour le début de l'après-midi, Bénédicte s'est éclipsée après le déjeuner. Il y a un peu plus de monde que d'habitude dans le parc, le beau temps a poussé les pensionnaires dehors et l'atmosphère est joyeuse. Les uns et les autres se regroupent pour bavarder ou jouer aux cartes, Bénédicte est seule sur son banc, elle n'en ressent aucune culpabilité. La solitude et l'enfermement sont deux passions qu'elle vient de se découvrir sur le tard et elle est bien décidée à en jouir au maximum tant qu'elle sera à La Bégude. C'est étrange, à l'inverse de certains patients dont la pathologie exige qu'ils ne franchissent pas les murs d'enceinte, Bénédicte n'a reçu aucune consigne de cet ordre. Elle a le droit d'aller et venir, pourrait très bien se rendre au village mais elle ne l'a jamais fait. Depuis son arrivée, La Bégude est toute sa vie, son territoire lui suffit et elle ne veut plus savoir à quoi ressemble le monde au-delà de ces murs.

Au bout de l'allée, Bénédicte aperçoit Chloé accompagnée de deux hommes. Ils franchissent la tonnelle et se dirigent manifestement vers elle.

"Bénédicte, Bénédicte, je voulais te présenter mon père…"

Le plus âgé des deux s'avance vers elle pour lui serrer la main.

"Bonjour, je suis Marc, le papa de Chloé…"

Il lui sourit en plongeant son regard dans le sien comme s'il comptait sur elle pour l'aider. Les petites rides d'expression qui s'étirent de chaque côté de ses yeux bleu foncé leur donnent une intensité chaleureuse. Bénédicte ressent un certain plaisir au contact de sa main dans la sienne. Le deuxième homme est un peu plus jeune mais ils ont quelque chose de commun dans leur façon d'être propres sans pour autant sombrer dans l'élégance.

"Je suis venu avec mon ami Loïc… C'est lui qui m'a poussé à… à retrouver la trace de Chloé…"

Bénédicte suggère qu'ils fassent quelques pas dans le parc et Marc commence à lui raconter son histoire. Il s'adresse à elle mais l'histoire est destinée à Chloé. Il tente de rétablir la vérité sur ce qui s'est réellement passé.

Ils finissent par arriver près du portail et chacun admet tacitement qu'il est l'heure de se séparer. Marc dit qu'il vit non loin de là, près de Montpellier, il reviendra souvent, maintenant. Bénédicte sourit un peu niaisement, elle sent déjà qu'elle attendra sa venue avec autant d'impatience que Chloé. Marc serre longuement sa fille dans ses bras, ses yeux sont remplis de larmes mais personne n'est vraiment gêné par ce détail, Loïc le prend affectueusement par l'épaule et l'entraîne vers la voiture. Bénédicte et Chloé restent un moment à les regarder s'éloigner.

Le soir, le directeur a décidé d'organiser un barbecue pour fêter le retour du beau temps, La Bégude a un air de fête. Et après avoir bu le verre de vin auquel elle a droit avec sa brochette d'agneau, Bénédicte devient soudain optimiste, tout lui semble lumineux. Elles s'en sortiront, ensemble, elle en est persuadée.

Bénédicte est assise dans le hall de son hôtel, elle attend Marc. Tout s'est passé très vite. C'était un matin, en séance individuelle, le médecin était de bonne humeur, l'atmosphère détendue et elle pensait lancer une boutade en disant qu'elle songeait à quitter La Bégude. Il avait saisi la balle au bond.

"Si vous envisagez de nous quitter, c'est que vous vous sentez prête à le faire… Alors, il faut partir."

Et Bénédicte avait découvert à quel point il lui était facile de ne penser qu'à elle. Elle s'adonnait sans modération à cette aptitude découverte à La Bégude. Elle s'était pourtant figuré avoir des scrupules à partir en laissant derrière elle Chloé enfermée entre quatre murs, ou encore qu'elle se serait précipitée à Paris pour retrouver sa famille qui ne l'avait pas vue depuis plus d'un mois, mais il n'en était rien. Elle avait annoncé son départ à Chloé, sans états d'âme et avait appelé Philippe pour lui dire qu'elle prenait quelques jours de vacances avant de rentrer. Elle avait trouvé dans l'annuaire un petit hôtel à Nîmes, juste à côté des arènes et avait franchi les grilles de La Bégude, sa valise à la main, pour monter dans un taxi.

Au cours de ses derniers jours à La Bégude, elle avait croisé Marc plusieurs fois. Elle lui avait dit qu'elle s'en allait et n'avait pas manqué de mentionner le nom de l'hôtel où elle comptait séjourner.

Marc franchit la porte d'un air décidé et lui sourit. Bénédicte se lève et lui serre la main avec fermeté. En s'asseyant à côté de lui dans la voiture, elle craint un instant la promiscuité. Sans doute va-t-il falloir faire la conversation, poser des questions sur Montpellier qu'il a décidé de lui faire découvrir, sur la région… Mais son anxiété se dissipe très vite. Marc parle peu, il se contente de déclarations nettes et définitives, ne perdant pas de temps en vaines paroles.

"Je suis vraiment très heureux de vous revoir, ici, loin des murs de La Bégude."

Le ton est ferme et posé, il n'a rien à ajouter. Alors, contre toute attente, Bénédicte s'autorise à parler d'elle et, apparemment, Marc ne craint pas ses confidences. La vie à l'extérieur est beaucoup moins effrayante qu'elle ne l'avait imaginé. A Nîmes, elle s'est promenée seule et ne s'est pas trouvée confrontée aux situations agressantes qu'elle avait redoutées. Depuis son départ de La Bégude, chaque jour lui apporte un peu plus de sérénité et elle se demande si cela va durer. Marc sourit mais ne fait aucun commentaire.

Arrivés à Montpellier, ils se promènent dans la vieille ville. Marc lui fait visiter son laboratoire de prothèses dentaires et Bénédicte se surprend à s'intéresser à ce qu'il lui montre. Après un long moment dans une librairie, Bénédicte demande des nouvelles de Loïc. "Si vous voulez, nous irons le voir dans le Jura, un week-end", lui répond Marc en s'empressant d'évoquer le déjeuner. Bénédicte croit remarquer qu'il a légèrement rougi. Ils s'installent à une terrasse ensoleillée et tout se remet en place simplement, dans le silence.

L'après-midi, Bénédicte propose d'aller à la plage. Marc trouvant l'idée excellente l'entraîne dans un magasin de sport pour acheter des maillots et des serviettes. En faisant la queue à la caisse, Bénédicte s'étonne avec ravissement de leur intimité immédiate et intuitive. La façon qu'a Marc de trouver les solutions n'a rien d'une ingérence dans sa vie. Il ne s'est pas senti obligé de brandir sa carte bancaire pour régler ses achats.

A la plage, ils se jettent à l'eau comme deux enfants, ils rient et se frôlent en toute innocence. L'après-midi s'écoule joyeusement entre baignade et lecture, dans une sorte d'insouciance inimaginable pour Bénédicte. Une pensée pour Chloé l'effleure soudain mais elle ne parvient pas à s'y attarder et se garde bien de partager avec Marc cet exercice de culpabilité factice.

Le soleil commence à baisser et Marc suggère de reprendre la voiture pour aller manger des huîtres à Bouzigues. Bénédicte le suit sans hésiter et de la même façon, lorsque, après dîner, Marc veut lui faire découvrir un endroit qu'il aime, Bénédicte ne regarde pas sa montre. Elle ne réfléchit plus aux conséquences de cette nouvelle escapade, elle se laisse conduire à travers les marais et les roseaux, le désir de rester ensemble est devenu une simple évidence.

Le chemin devient de plus en plus sableux. Sur un terre-plein dégagé au milieu des dunes, des centaines de véhicules sont rangés les uns contre les autres. Bénédicte perçoit des musiques qui se répondent dans une joyeuse cacophonie. Marc coupe le moteur et la prend par la main pour l'entraîner vers la plage en contrebas.

La musique provient de petites cahutes couvertes de tôle ondulée où une foule compacte de danseurs s'agite en cadence. Sur l'une d'elles, une pancarte annonce *Copacabana Club*. Marc l'emmène vers la piste et commence à danser face à elle. Bénédicte se sent bien, le corps de Marc est tout près du sien, il se déhanche en souplesse, lui sourit. La musique et les mouvements de son corps semblent le plonger dans une douce euphorie. Avant d'arriver dans cette cahute couverte de canisses, ils ont longé deux abris d'où provenait de la musique techno. Les gens bougeaient comme des automates déréglés et l'étrangeté de leurs mouvements était encore accrue par les éclairs intermittents des stroboscopes.

Sur la piste, Bénédicte pense à Eléonore et à Xavier, c'est un endroit qui leur plairait et pourtant elle ne se sent pas déplacée. Autour d'elle, les danseurs qui ondulent au rythme de Carlinhos Brown pourraient être ses neveux ou ses enfants mais, en y regardant de plus près, elle repère un ou deux couples d'une cinquantaine d'années. Elle observe du coin de l'œil l'une de ces femmes. Avec sa grande jupe en lin naturel, ses espadrilles et son maillot rayé, finalement, elle a l'air plus bourgeoise qu'elle, qui s'est contentée d'enfiler pour cette journée de promenade un vieux jean et un tee-shirt de couleur. Décidément, elle se sent à sa place, elle peut s'abandonner sans aucune réticence.

Lorsque Marc l'entraîne vers le bar en planches, elle répond gentiment au sourire quelque peu édenté du serveur. Leur verre à la main, ils s'éloignent en direction du rivage. Après l'atmosphère surchauffée des cahutes, la fraîcheur de l'eau est agréable. Au loin les musiques se mélangent encore et Bénédicte qui n'a jamais pu supporter la techno en vient à apprécier tous ces rythmes qui font battre le cœur de la nuit au ras des vagues. Plus loin sur la plage, elle repère des feux de camp et il lui semble presque envisageable d'aller s'asseoir avec les autres pour regarder danser les flammes. Marc a trouvé un bout d'épi en fonte rouillée qui émerge à peine du sable, il y a juste la place pour s'asseoir l'un contre l'autre. Prenant pour prétexte le ciel étoilé qu'elle contemple longuement, Bénédicte pose la tête sur l'épaule de Marc qui doucement lui caresse les cheveux. A ses pieds, elle sent la fraîcheur de la mer qui envahit le sable au rythme tranquille du flux et du reflux. Elle sait que dès qu'elle retirera sa tête de l'épaule de Marc ils se trouveront face à face. Elle attend tranquillement et fait durer ce moment autant qu'elle le peut. Bénédicte s'étonne de trembler lorsque leurs bouches se rencontrent mais elle doit bien admettre que son cœur cogne à toute vitesse dans sa poitrine. Leurs langues se cherchent et s'apprivoisent, étonnées elles-mêmes de leur imagination et de leur audace, et comme deux adolescents qui échangent leur premier baiser, lorsque leurs lèvres se séparent, ils sont à bout de souffle.

Leurs deux corps forment désormais un assemblage stable. A la différence de jeunes gens qui pourraient se laisser surprendre par l'enchaînement de leurs gestes, Marc et Bénédicte connaissent parfaitement l'étape suivante et décident tacitement de la reporter encore un peu. Marc reprend Bénédicte par la main pour l'aider à se relever et ils marchent côte à côte, tendrement enlacés, loin du monde. Ils retournent vers la piste de danse d'où proviennent maintenant des mélodies plus sensuelles et Bénédicte reconnaît une chanson de Tom Jobim. Elle a été réarrangée par un jeune chanteur mais la sensualité des harmonies n'a pas bougé. Bénédicte et Marc se balancent en cadence, leurs corps se frôlent ou s'étreignent selon les moments mais le désir qui les traverse n'échappe à personne. S'ils n'étaient pas complètement accaparés l'un par l'autre ils pourraient voir un peu d'espoir dans le regard bienveillant d'un jeune couple. Persuadés de se trouver face à un homme et une femme qui ont traversé les années main dans la main, ils admirent leur façon d'être encore là, amoureux et tendres, apparemment heureux.

Marc et Bénédicte remontent en voiture. Bien sûr, lorsqu'il s'est préparé ce matin, Marc a pris soin de mettre un slip neuf, pas encore gris d'avoir été trop lavé, il a veillé à enfiler des chaussettes sans trou mais il s'est répété que c'était vraiment au cas où. Il s'est juré de ne pas brusquer les choses. Bénédicte ne doit pas se sentir piégée, elle doit avoir le choix. Elle n'a pas renoncé à l'enfermement de La Bégude pour se jeter immédiatement entre ses griffes. Mais il est bien obligé d'admettre qu'il serait le plus heureux des hommes si elle décidait de ne pas rentrer à son hôtel.

Bénédicte reste silencieuse et Marc dépasse Montpellier pour prendre la direction de Nîmes. Sur l'autoroute déserte, leur silence devient pesant, une tension indéfinissable les sépare soudain. Chacun est exilé en lui-même et la nuit noire semble les menacer. Marc se fixe un ultimatum, à la cinquième borne de secours, il doit dire quelque chose. Il roule vite et les repères orange filent à toute allure. Le moment où il doit prendre la parole arrive plus vite qu'il ne l'avait imaginé.

"Bénédicte, je dois vous dire… Notre rencontre… Je n'espérais plus qu'une chose aussi exaltante m'arrive un jour…"

Le silence retombe sur la voiture, Bénédicte met un moment à réagir, elle veut être sûre d'avoir compris et ces quelques secondes semblent interminables.

"Si je veux être franche avec vous, Marc, je dois bien admettre que, moi non plus, je ne l'espérais plus…"

Lorsque leurs regards se croisent, toute la tension accumulée entre eux a disparu. Bénédicte tend la main pour prendre celle de Marc dans la sienne et la pose au bord de son siège, juste à côté de sa cuisse.

Il n'y a pas âme qui vive à Nîmes. La voiture se fraie aisément un passage à travers les ruelles et ils arrivent devant l'hôtel plus vite qu'ils ne l'auraient souhaité. Il est l'heure de se séparer et chacun a résolu de ne rien promettre, de ne pas parler d'avenir. Marc et Bénédicte s'embrassent longuement puis elle s'éloigne sans se retourner. Marc la regarde composer le code de la porte vitrée et remonte en voiture.

Bénédicte entre dans sa chambre. Le lit a été préparé pour la nuit, une serviette de toilette l'attend sur la coiffeuse. Elle s'assied au bord du lit mais ne défait ni ses chaussures ni son imperméable. Elle regarde droit devant elle, accroche son reflet dans l'armoire à glace et s'approche de son image pour en scruter les moindres détails. Autour de ses yeux une multitude de petites rides ont commencé leur travail de sape, ses paupières manquent de fermeté, son menton est légèrement empâté. Elle passe toujours pour une belle femme, fait des efforts pour s'habiller sobrement et a coupé ses cheveux depuis plusieurs années, mais il est évident qu'elle n'a plus l'insouciance un peu arrogante des jeunes filles qui se trémoussaient ce soir sur la plage.

Pour la première fois, Bénédicte prend conscience qu'elle a abordé la seconde moitié de sa vie depuis une bonne dizaine d'années déjà. Étrangement, cette idée n'a rien d'effrayant, c'est plutôt une libération. Elle sort de sa chambre et se jette dans l'escalier. Elle franchit le hall au pas de course mais, très vite, à travers la porte vitrée, elle aperçoit la voiture de Marc. Il est appuyé sur son volant, la tête calée au creux de ses avant-bras comme un écolier sur son pupitre. Bénédicte s'approche et tambourine doucement à la vitre. Marc prend tout son temps pour tourner la tête, son sourire est angélique.

Au moment où Marc quitte la route principale pour s'enfoncer dans la garrigue, Bénédicte n'en croit pas ses yeux. Même dans ses rêves les plus fous, elle n'avait pas imaginé un décor comme celui-là. Marc roule maintenant au pas sur un chemin de terre et s'arrête au milieu des chênes verts. Bénédicte le suit sur le petit sentier escarpé qui débouche sur la maison.

"Voilà, c'est chez moi… On y verra plus clair demain matin… Je reviens…"

Restée seule sur la terrasse, Bénédicte regarde les lumières s'allumer une à une à l'intérieur. Par les fenêtres, elle aperçoit tout un encombrement d'objets et d'images. C'est un univers très masculin mais rien n'est laissé au hasard dans l'arrangement de ce fatras hétéroclite. L'histoire que raconte cette maison lui plaît déjà, elle se sent protégée de tout, inaccessible. Marc fait coulisser la baie vitrée et lui tend les bras.

La chambre est blanche et vide, deux petites lampes posées à même le sol donnent des reflets dorés aux murs. Marc et Bénédicte s'embrassent, debout au pied du lit et tout naturellement, comme si cela leur était déjà arrivé des dizaines de fois, chacun déshabille l'autre méthodiquement et en toute innocence, comme des parents le font avec un enfant avant de lui donner son bain. Lorsqu'ils s'allongent en sous-vêtements sur les draps, Bénédicte a brusquement des pudeurs de jeune fille. Elle ne parvient pas à se montrer imaginative et pense à Philippe. Elle a toujours attendu de lui qu'il prenne les initiatives et elle se sent maladroite. Il n'y a pourtant aucune culpabilité dans sa façon de penser à son mari. Seulement, cette fois, elle aimerait faire preuve d'un peu de fantaisie. Ces pensées ne la tourmentent pas longtemps, elle se laisse aller. Au moment où le bassin de Marc s'approche du sien, Bénédicte sent quelque chose se nouer à l'intérieur de son ventre. Elle a peur, c'est une crainte qui la dépasse, elle trouve même ça parfaitement ridicule à son âge mais elle n'y peut rien, une rumeur de nuit de noces s'est frayé un chemin jusqu'à elle sans qu'elle puisse rien y faire. Marc l'apaise, il est doux et prévenant. Au début, il s'appuie à peine sur elle et c'est Bénédicte qui saisit ses hanches pour leur imprimer un mouvement plus violent. Les épaules de Marc ferment son horizon, Bénédicte n'a plus peur de rien.

Marc s'est endormi, il est abandonné, confiant à côté d'elle. De loin en loin, sa peau garde la trace de blessures anciennes. Sur l'épaule, une mauvaise coupure a laissé une marque impressionnante, comme pour rappeler au regard une grande douleur. A en juger par l'aspect des cicatrices, ces blessures se sont refermées toutes seules comme elles ont pu. Bénédicte frissonne.

Loïc a pris la route nationale pour profiter du paysage et, lorsqu'il atteint la Drôme, la végétation devient nettement méridionale. Il a rendez-vous à 10 heures et a pris une marge suffisante pour ne pas avoir à se presser. Il aura même le temps de boire un café au village sous les platanes.

En franchissant le portail de La Bégude, Loïc éprouve un étrange sentiment de culpabilité. Il se dirige vers l'administration en rasant les murs, espérant seulement que Chloé ne soit pas sortie se promener dans le parc. Comment lui expliquer qu'il n'est pas venu pour la voir? Malgré les recommandations du médecin, il sait qu'il serait incapable de lui dissimuler ses intentions.

Loïc pénètre dans un bâtiment un peu sombre. Le lino vert foncé amortit le bruit de ses pas et la secrétaire lui parle à voix basse comme si cette aile était dévolue aux cures de sommeil. Le médecin va le recevoir dans un instant, il peut patienter sur l'une des chaises alignées le long du mur. En s'asseyant, Loïc tente de prendre un air calme et sûr de lui, il détend les jambes, croise les bras et bombe le torse. Quant au regard, il doit être net et tranchant, horizontal. C'est l'idée que Loïc se fait du parfait sauveur sur son cheval blanc.

Quand un psychiatre a pris contact avec Marc au sujet de sa fille et que son ami l'a appelé au secours, Loïc a sauté dans sa voiture pour aller le rejoindre à Montpellier. Chloé se trouvait dans une institution spécialisée et avait exprimé le souhait de revoir son père. Loïc avait trouvé Marc bouleversé, désemparé par la tournure que prenaient les événements. Pendant toutes ces années d'absence, il s'était attendu à un appel lui annonçant une tragédie, il avait depuis longtemps cessé d'espérer une issue heureuse à sa séparation d'avec sa fille, mais il n'avait pas imaginé que cet appel proviendrait d'une clinique psychiatrique. Évidemment, pour Loïc, au regard de sa propre expérience, tant que Chloé était en vie, un espoir de la revoir subsistait et il s'agissait de s'y accrocher. Jamais personne ne lui téléphonerait pour lui dire que Laure et Jonathan voulaient le voir. Ils étaient morts, leur absence était définitive et il fallait faire avec. Loïc avait donc calmé les angoisses de Marc et l'avait accompagné à La Bégude sans savoir qu'en donnant un petit coup de pouce au destin de son ami c'est le sien qu'il allait profondément modifier.

Avec Chloé, Loïc a retrouvé un sentiment qu'il croyait à jamais perdu. Il a d'abord voulu croire qu'il venait pour rendre service à Marc et qu'il était plus facile pour lui de prendre le relais auprès de Chloé dans la mesure où il n'était pas impliqué dans leur histoire. Mais, peu à peu, Loïc s'est rendu à l'évidence, Chloé l'attire, elle a besoin de lui.

Au regard aigu que l'homme pose sur lui, Loïc comprend qu'il se trouve face au psychiatre mais il ne ressemble pas du tout à ce qu'il avait imaginé. Il ne porte ni blouse blanche ni lunettes, est habillé comme lui d'un chandail irlandais, et même si ses yeux vous scrutent sans scrupules il a l'air plutôt gentil.

Loïc s'assied sur une chaise inconfortable. Le médecin ne le quitte pas des yeux mais ne dit rien, alors Loïc se lance. Il a demandé à le rencontrer pour savoir si l'on pouvait envisager que Chloé quitte La Bégude. Le psychiatre ne prend même pas la peine de balayer sa question d'un revers de main, il feint de ne pas l'avoir entendue.

"Parlez-moi de vous, monsieur Lescorf."

Loïc est réticent, il est venu pour parler de Chloé, mais devant le silence buté du médecin il obéit. Les rares commentaires qu'il obtient l'aidant à clarifier les choses, il commence même à apprécier cette séance de psychothérapie improvisée.

"Monsieur Lescorf, Chloé est majeure, vous l'êtes aussi et si elle veut vous suivre elle le fera. Seulement, je voudrais être sûr que vous avez une vue précise des choses telles qu'elles se présentent. Je pense que votre rencontre n'est pas fortuite. Ce que vous éprouvez pour elle et ce qu'elle éprouve pour vous est bâti sur une douleur commune, vous le savez. J'imagine que je ne vous apprends rien en vous disant que l'amour n'a jamais sauvé personne. Nous avons tous envie de croire le contraire, les romans et les chansons nous y incitent aimablement mais ma pratique quotidienne me prouve que non, décidément, non, l'amour seul ne suffit pas. Je viendrai ultérieurement à la pathologie de Chloé mais avant toute chose je veux savoir si vous savez faire une injection."

Troublé par la brutalité de ce propos, Loïc réfléchit un instant.

"Il se trouve que ma grand-mère était diabétique... À la fin de sa vie, elle n'était plus très adroite, c'est moi qui lui faisais ses piqûres d'insuline...

— Parfait, c'est une bonne chose... Vous devez être conscient que l'état mental de Chloé est encore très précaire. Si, comme vous semblez le désirer, vous partagez sa vie au quotidien, vous aurez peut-être à faire face aux crises dont vous avez entendu parler. Dans ce cas, il n'y a pas trente-six solutions... Il s'agit de la protéger d'elle-même. Il faudra lui administrer un sédatif puissant. Si je vous délivre l'ordonnance adéquate, vous devrez être à même d'agir rapidement."

Loïc approuve d'un hochement de tête et reste un moment silencieux. Contrairement à ce qu'il pouvait craindre, il ne ressent aucune angoisse à la perspective de devoir jouer les infirmiers. Il s'occupera de Chloé, s'efforcera de rendre sa vie plus douce et cet objectif lui procure une sorte de grand réconfort. C'est peut-être ce qu'il attendait depuis des années sans le savoir.

"Je pense que je pourrai le faire... Je m'en sens capable.

— Il n'y a que vous pour savoir, monsieur Lescorf... Rien ne presse, de toute façon. Chloé est entre de bonnes mains, soyez patient. Prenez tout votre temps pour réfléchir, c'est une décision qui va bouleverser votre existence. Encore une chose... Je veux être sûr que nous nous comprenons bien. Vous êtes bien conscient que, dans la vie, il n'existe aucune sorte d'équilibre..."

Cette fois, Loïc ne se laisse pas abattre. Qu'est-ce qu'il croit lui apprendre le petit médicastre? Pour la connaître, la vie, il la connaît... Ce n'est pas lui qui va lui faire la leçon. Alors Loïc se ferme en attendant docilement la fin de l'exposé du cas clinique de Chloé.

"Si je peux me permettre un conseil, n'allez pas rendre visite à Chloé maintenant... Je pense qu'après notre entretien vous n'êtes pas au mieux pour la voir... Bon retour, monsieur Lescorf. A très vite."

Loïc s'engage sur la route de Nîmes. Il sait déjà que sa décision est prise et il lui tarde d'annoncer la bonne nouvelle à Marc. Dans quelques semaines tout au plus, grâce à lui et sous sa protection, Chloé retournera à la vraie vie. Il se gare à côté de la voiture de Marc. Au moment de claquer sa portière, quelque chose d'indicible le retient et il la pousse sans faire de bruit. En approchant, il distingue deux silhouettes à travers les arbres. Bénédicte est assise sur un siège en toile, la tête légèrement rejetée en arrière, un gilet sur les épaules. Marc est debout derrière elle et lui masse doucement les épaules, le visage penché au-dessus du sien. Loïc recule lentement et disparaît.

Le train ralentit, Bénédicte reconnaît les immeubles des portes de Paris et son estomac devient dur comme un caillou. Elle déglutit avec peine, elle ne peut plus reculer, elle le sait. Pendant tout le voyage, elle a peaufiné sa déclaration, sa décision est prise et, pourtant, elle redoute sa lâcheté. La vérité est violente, elle devra déployer des trésors de courage ou d'insensibilité pour arriver à l'énoncer. Aujourd'hui, sa vie est ailleurs et elle les abandonne. Et comme cette décision fait suite à sa cure en maison de repos, inévitablement, ils penseront à un long mensonge, une trahison originelle jamais formulée.

Pendant le voyage, des heures de félicité familiale ont défilé devant elle mais aujourd'hui elle n'en a plus besoin. Avec Marc, elle vient de retrouver la paix : ses silences, ses blessures, ses secrets, son corps épais et chaud, ses épaules protectrices, sa maison et les rêves qu'il n'a pas été capable d'abandonner en cours de route. Bénédicte s'est répété tous ces mots pour elle-même, comme des formules magiques. Et au moment où son courage commençait à se dérober, ils l'ont aidée à tenir bon.

Immobile sur le marchepied, elle craint de descendre sur le quai de la gare de Lyon, comme si la familiarité de l'endroit allait immédiatement l'envelopper pour anéantir sa détermination. Et si, contrairement à tout ce qu'elle a pu se raconter, elle avait soudain un vif plaisir à se retrouver à Paris, qu'elle s'y sente chez elle au point de se dire qu'elle ne pourrait jamais vivre ailleurs? Mais, dans son dos, les voyageurs la poussent et, déséquilibrée, elle tombe de tout son long sur sa valise. Personne ne vient à son secours, la foule se contente de l'éviter, ce qui ne manque pas de la faire sourire. La violence de Paris l'a cueillie dès son arrivée, son ensorcelante magie n'existe que dans les chansons. Elle se relève et se dirige vers le métro, le cœur presque léger. Il suffit de modifier de quelques degrés son angle de vue et tout se met en place, naturellement. Les transports en commun sont bondés et sales, la circulation étourdissante. Et dans cette ville grise et froide, la richesse la plus ostentatoire côtoie la misère la plus insupportable.

Bénédicte arrive devant chez elle et scrute d'un regard froid l'immeuble où elle a vécu pendant des années. C'est une construction XIXe rendue prétentieuse par l'accumulation des couronnes de fleurs sous les fenêtres et les balcons et, au niveau du quatrième étage, de grandes traînées de rouille ont coulé des garde-corps. Bénédicte réalise qu'il s'agit de leur étage. Ce sont les fenêtres de la cuisine, de la salle de bains et de la chambre de Xavier. Elle sonne plusieurs fois à sa porte, le cœur battant, mais à son grand soulagement personne ne vient lui ouvrir. Elle glisse la clé dans la serrure avec la sensation étrange d'entrer chez elle par effraction.

Peu à peu, l'étau qui l'oppresse depuis son arrivée à Paris se desserre. Elle pose sa valise et erre de pièce en pièce en se sentant enfin étrangère à son univers. Une page est tournée.

Assise sur une chaise, Bénédicte essaie de faire le point. Elle voit une femme cajoler un nourrisson, nettoyer la cuisine, faire un ourlet aux rideaux, vérifier que sa fille sait sa leçon d'histoire, servir un apéritif à son mari, recevoir des amis, cuisiner pour eux et prendre l'air enjoué. Elle lui ressemble, elle a ses inflexions, ses attitudes, elle porte ses vêtements mais cette silhouette qui hante l'appartement vide n'est plus la sienne.

Bénédicte n'emportera que des vêtements. Elle range, trie et choisit ses affaires sans états d'âme. Son programme est clairement établi. Si elle se débrouille bien, elle n'aura peut-être qu'une nuit à passer à Paris.

Outre le côté matériel de son expédition, Bénédicte ne perd pas de vue qu'elle doit parler. Chaque fois qu'elle entend l'ascenseur, son cœur bondit à l'idée que le moment est venu de les affronter mais ce ne sont que des voisins et, quand une clé tourne enfin dans la serrure, elle ne s'y attendait plus.

Xavier n'en croit pas ses yeux, il se jette dans ses bras et l'embrasse affectueusement. Il y a toujours eu entre eux un lien particulier. Ils se comprennent à demi-mot et la réaction de son fils est loin d'être celle qu'elle redoute le plus. Il finira sûrement par admettre ce qui lui arrive et aura l'intelligence de s'inventer une nouvelle vie avec elle. Xavier perçoit le malaise de sa mère et disparaît spontanément dans sa chambre, prétextant des devoirs pour le lendemain.

Dès son arrivée, Philippe flaire la catastrophe. Bénédicte, assise bien droite dans un fauteuil, est effrayante. Il croit déjà savoir ce qu'elle va dire, ses jambes se dérobent et il est obligé de s'asseoir. Le verdict ne tarde pas à tomber.

"J'ai une mauvaise nouvelle… Je vous quitte. Je pars vivre ailleurs… J'ai rencontré quelqu'un, je vais refaire ma vie… Voilà, je suis venue pour te le dire, à toi et aux enfants…"

Terrassé, Philippe cherche quelque chose à dire mais rien ne lui vient à l'esprit, il sait tout ce qu'il voulait savoir. Au prix d'un effort immense, il parvient à se lever et à jouer le rôle qu'on attend de lui.

"Tu dîneras quand même avec nous? Je vais préparer quelque chose pour les enfants…

— Non, merci… Je vais attendre le retour d'Eléonore pour leur parler et puis je m'en irai…

— Je crois qu'elle va rentrer tard, elle a un copain… Tu ferais mieux de manger avec nous en l'attendant…"

Pendant le dîner, rien ne semble avoir changé. Contre toute attente, à défaut d'être chaleureuse, la conversation est calme. Xavier veut savoir quand et comment il verra sa mère et elle le rassure. Elle viendra régulièrement à Paris et ils pourront descendre dans le Sud aussi souvent qu'ils le voudront. Philippe parle de Sophie, elle lui a téléphoné, lui demandant pourquoi ses lettres restaient sans réponse et il n'a pas su quoi dire. Bénédicte écoute distraitement, demain elle ne sera déjà plus là, elle est guérie, enfin débarrassée des rapports de dépendance qui l'enchaînaient à ceux qu'elle aime, elle est parvenue à retirer l'échafaudage bancal auquel elle s'appuyait pour survivre et elle tient debout, libre d'aimer chacun pour ce qu'il est.

"Tu es vraiment monstrueuse, tu n'as toujours pensé qu'à toi… Toujours à t'écouter… Tes petits malheurs, tes petits soucis, jamais tu n'as pensé à nous… Tes fringues, ta santé, tes amies… Enfin, ton amie, la seule qui trouvait grâce à tes yeux…"

Eléonore hurle dans l'entrée sans même prendre la peine de retirer son blouson. Bénédicte est debout, elle encaisse les coups stoïquement.

"Tu imagines le modèle féminin que j'ai eu depuis ma naissance? Comment je vais faire pour devenir une femme maintenant? Évidemment, tu t'en fous… Toi, tu vas refaire ta vie, comme trente pour cent des vieilles lorsqu'elles sentent arriver la ménopause… Mais il ne faut pas te méprendre, ce n'est pas du désir que tu éprouves… Les bouffées de chaleur, c'est purement physiologique…

— Tu as raison, je n'ai pas su t'aimer, j'ai fait beaucoup d'erreurs…

— Tu crois que je vais me calmer parce que tu reconnais tes erreurs? Tu rêves!

— Je suis certaine qu'un jour tu regretteras d'avoir été aussi dure avec moi."

Bénédicte tourne les talons, étonnée d'avoir été aussi cassante. Elle aurait dû la prendre dans ses bras et l'assurer de son amour mais elle n'en a pas été capable. Dans ce qui a été un jour leur chambre, Philippe est assis au bord du lit. Il lui prend la main. Silencieuse, elle le repousse, sort une petite carte rouge et compose le numéro de téléphone de l'*Hôtel du Chariot d'Or* pour réserver une chambre. Elle sera là dans moins d'une demi-heure. Philippe se lève pour l'accompagner jusqu'à la porte, son attitude est incroyable. Sa courtoisie laisse perplexe. Elle a tout décidé seule mais Philippe a choisi de se comporter avec élégance. Bénédicte lui tend la carte de l'hôtel en faisant un signe de tête en direction du salon.

"Tu sais où je suis, n'hésite pas à m'appeler si tu as besoin de moi.

— Je voudrais te dire… je crois que je ne t'en veux pas. Tu peux toujours revenir si tu le désires. Et puis, nous avons peut-être eu tort… Il y a douze ou treize ans, lorsque tu as voulu partir, nous aurions dû en parler… Si nous nous sommes trompés, nous l'avons fait ensemble."

Bénédicte passe doucement la main sur la joue de Philippe et disparaît dans l'escalier pour pleurer. En arrivant à l'hôtel, elle retrouve son calme. Par hasard, la chambre qu'elle avait occupée après la fête chez Sophie est libre. Elle la retrouve comme elle l'avait laissée et se sent rassurée. Demain tout sera sans doute plus simple. Bénédicte se déshabille et se glisse, épuisée, entre les draps.

Il n'est pas très tard, elle a dû s'endormir une petite heure tout au plus. L'appel du réceptionniste lui annonçant la visite de son mari ne l'étonne pas vraiment. Philippe frappe à la porte et tout se passe très vite. Bénédicte est enroulée dans le drap et il n'a aucun mal à la déshabiller. Il caresse son corps avec une frénésie qu'elle ne lui connaissait pas, sa bouche court sur sa peau et elle frissonne. Bénédicte déshabille son mari et, estimant qu'elle n'a plus rien à perdre, se permet des audaces nouvelles. Philippe est trop bien élevé pour le lui faire remarquer, il se laisse faire avec délectation, en silence. Leur étreinte est fougueuse et désespérée, comme celle de deux amants qui vont se séparer à l'issue d'un week-end de liberté. Demain, Bénédicte chargera sa cantine dans le train et quittera Paris. Elle reviendra de temps en temps. Philippe se rhabille et s'en va pour être là lorsque les enfants se réveilleront.

Bénédicte tient fermement la main de Marc pour se donner du courage. Pendant tout le trajet elle a lutté en silence contre l'angoisse qui l'étouffait. Il est rare qu'elle s'éloigne de Montpellier, comme si la maison de Marc garantissait à elle seule son nouvel équilibre, tout déplacement géographique pouvant le mettre en péril. Plusieurs fois déjà, il a voulu l'emmener quand il est allé rendre visite à sa fille chez Loïc mais elle préférait rester seule à l'attendre au milieu des vignes et des chênes verts.

Loïc apparaît sur le pas de la porte et Chloé qui est cachée derrière sa large stature parvient à se faufiler pour se jeter dans les bras de Bénédicte. Elles restent un long moment embrassées, silencieuses, intouchables. Un peu gênés par leur émotion, les deux hommes font quelques pas vers les bois. Comme d'habitude, Marc s'inquiète de la santé de sa fille mais Loïc se montre évasif. Il n'a rien à signaler, rien d'inquiétant, aucune crise, Chloé a une vie tout ce qu'il y a de normal, il faut cesser de considérer qu'elle est malade. Marc voudrait encore le mettre en garde, lui redire qu'une période de rémission ne signifie pas une guérison mais la tranquillité inébranlable de Loïc l'impressionne et le laisse muet. Il a cette capacité à transformer en or tout ce qu'il touche et, finalement, Marc ne serait pas étonné que Chloé retrouve son équilibre auprès de lui.

A leur retour, ils se laissent guider par les rires des femmes et les rejoignent dans la chambre d'amis que Loïc a aménagée dans un coin de l'ancienne étable. Elles font le lit, leurs gestes évoquent ceux de deux petites vieilles qui se seraient rencontrées enfants puis auraient passé leur vie à mettre au point un mimétisme fascinant par sa perfection. Marc ne peut pas ignorer la lueur dorée qui traverse le regard de Chloé et qui le conforte dans son envie de croire au miracle. Il l'a déjà remarquée lors de ses précédentes visites et elle finira peut-être par effacer de son esprit l'adolescente murée dans la solitude qui l'avait terrassé de chagrin.

Le soir, chacun contemple en silence les flammes dans la cheminée et leur veillée ressemble en tout point à des retrouvailles familiales. Il fait un peu froid et ils restent longtemps tous les quatre blottis sous plusieurs couvertures au fond du vieux canapé. Et puis chaque couple rejoint sa chambre pour sombrer dans un sommeil profond.

Au petit-déjeuner, Marc suggère une excursion dans la montagne, il veut montrer à sa fille l'endroit où Loïc lui a sauvé la vie. Bénédicte rassemble de quoi faire un pique-nique et ils partent tous les quatre sur les sentiers qui montent au-dessus du village. C'est l'automne et Marc a du mal à se repérer dans le paysage. Loïc continue d'avancer en lui demandant de lui faire confiance, il ne s'est pas trompé d'itinéraire. Ce n'est qu'en franchissant la crête que Marc finit par reconstituer ses souvenirs face à la petite maison de bûcheron.

Après déjeuner, ils se remettent en route pour atteindre le sommet et Bénédicte prend la main de Chloé. Marc et Loïc ont rapidement l'impression d'être témoins d'un rite qui n'appartient qu'à elles seules. Les deux femmes ne sont plus leurs compagnes respectives gravissant à leurs côtés un chemin à travers les pâturages, elles sont redevenues deux pensionnaires de La Bégude qui s'épaulent dans la reconstruction de leur monde. Il y a entre elles un lien indestructible parce qu'elles seules peuvent évaluer au plus juste leur vulnérabilité.

Chloé s'assied sur un rocher et contemple le panorama. Loïc vient la rejoindre et la prend dans ses bras. Marc se sent brusquement maladroit, il s'approche de Bénédicte mais n'ose pas lui manifester sa tendresse devant sa fille. C'est elle qui l'aide en venant se blottir dans son cou. Marc croise le regard de Chloé, il a l'impression de lire dans ses yeux le même espoir que celui qu'il avait découvert en rencontrant Loïc, cette envie de croire à la force salvatrice de la montagne.

C'est Xavier qui saute le premier sur le quai et tend la main à sa sœur pour l'aider à descendre. Le geste est élégant, une image parfaite de tendresse fraternelle qui rassure Bénédicte. Au moins, dans sa folie, elle a su préserver l'union sacrée entre ses deux enfants. Ils avancent vers elle, radieux et souriants, ils se sont faits beaux pour l'occasion. Ils portent des vêtements amples et flous comme tous les jeunes gens de leur génération mais les couleurs et les matières sont recherchées, harmonieuses. Elle ne peut s'empêcher de soupirer de fierté.

Bénédicte suggère de passer voir la chambre qu'elle leur a réservée pour le week-end, dans le centre ancien de Montpellier.

Au dernier moment, Marc a décidé de les loger à l'hôtel avec Loïc et Chloé. Il s'est vu brusquement en train de jouer les pères divorcés, exposant contre leur gré son intimité aux enfants et cela lui a fait horreur. Au moins, dans leur histoire, ils ont le privilège d'être entre adultes et chacun a acquis l'autonomie nécessaire pour ne plus empiéter sur l'intimité de l'autre. Bénédicte a été frappée par la justesse de son raisonnement, c'est bien à cette règle qu'obéissent ses relations familiales depuis son départ de chez elle.

Bénédicte regarde, attendrie, ses enfants sauter comme des gamins sur les lits jumeaux de leur chambre. Les matelas sont à leur goût, ils ne se disputent pas pour savoir qui dormira près de la fenêtre, tout va bien. Eléonore en profite pour se refaire une beauté devant le miroir de la salle de bains et Xavier lance un clin d'œil complice à sa mère. En ressortant elle a un mot gentil à propos de l'élégance de Bénédicte et Xavier prend un air mutin. Comme toujours lorsqu'il va faire une remarque espiègle, le coin de ses yeux frise.

"C'est vrai, maman, nous on s'attendait plutôt à te voir arriver avec une vieille peau de bique sur le dos, tout droit sortie de ta cahute au fond des bois... Mais là, vraiment, tu t'es habillée en Parisienne..."

Bénédicte sourit. Marc doit finir de préparer le déjeuner, il n'y a plus qu'à aller le rejoindre. En arrivant, elle constate avec soulagement qu'Eléonore l'embrasse spontanément. Marc tend la main à Xavier qui hausse les épaules en riant et l'embrasse à son tour. Bénédicte se détend, Marc a la situation en main. Il les entraîne déjà pour faire le tour du terrain et tout leur raconter depuis le jour où il a découvert l'endroit jusqu'à sa première douche chaude, l'installation du chauffage central et l'arrivée de leur mère. Les enfants posent sur lui des yeux pleins d'indulgence comme on regarde un doux dingue sympathique. Xavier marche devant avec Marc et Eléonore revient vers sa mère.

"Dis donc, tu ne m'avais pas dit... Il est vachement beau... Enfin, il a de la gueule..."

Bénédicte la prend par le cou et ne la lâche plus pendant un moment. Marc annonce qu'il doit aller chercher Chloé et Loïc à la gare. Eléonore demande spontanément des nouvelles de sa fille et il est soulagé de ne pas avoir à leur faire un exposé sur la façon dont elle pourrait éventuellement se comporter. L'angoisse fige pourtant ses traits. "Elle va bien", répond-il simplement.

Marc embrasse chaleureusement Chloé puis Loïc et, tout à son bonheur de les retrouver, il ne remarque pas que le corps de sa fille a quelque peu changé. Loïc, qui pense qu'on ne voit rien d'autre en rencontrant Chloé, ne peut s'empêcher de sourire intérieurement. Marc prend leur sac et les entraîne vers le parking de la gare sans voir la lumière qui brille dans les yeux de son ami. Mais lorsqu'ils arrivent à la maison, le regard nettement plus expert de Bénédicte ne tarde pas à voir l'essentiel. Même si la robe un peu ample cache la rondeur du ventre de Chloé, elle comprend immédiatement qu'elle est enceinte. Les deux femmes s'étreignent longuement sans parvenir à se parler. Bénédicte présente ses enfants qui se montrent polis mais chaleureux et les rôles sont vite distribués. Chloé et Eléonore s'installent sur la terrasse, Xavier, qui semble instinctivement fasciné par le nouveau venu, entraîne Loïc en bas du terrain pour faire du feu dans la fosse creusée en perspective du méchoui.

Bénédicte et Marc se retrouvent à la cuisine et elle lui demande s'il n'a rien remarqué en accueillant sa fille. Elle s'amuse de sa naïveté et le prend par la main pour qu'il regarde Chloé de plus près. Quand il finit par comprendre, Marc la serre contre lui, et, trop ému pour résister, il éclate en sanglots. L'enfant doit naître cet hiver. Marc passe un bras protecteur autour des épaules de sa fille et l'entraîne avec mille précautions vers Loïc et Xavier. Il prend longuement son ami dans ses bras et Chloé regarde le fils de Bénédicte avec un air incrédule. Avec les deux mains elle se dessine un ventre énorme et Xavier sourit avant de disparaître du côté des vignes.

Marc a convié tous ses amis à fêter l'anniversaire de Bénédicte et, à la nuit tombée, les invités commencent à descendre le sentier. L'atmosphère est légère et festive, chacun va et vient entre la maison et les terrasses. Pour l'occasion, des lampions et des guirlandes d'ampoules colorées sont allumés. Bénédicte circule d'un groupe à l'autre pour s'assurer que rien ne manque et au passage elle échange de tendres regards avec Marc pour lui signifier qu'elle va bien. Puis, fatiguée, elle rejoint ses enfants et s'autorise à rester silencieuse.

Tard dans la nuit, les invités s'en vont les uns après les autres. Loïc, Chloé et les enfants s'étendent près de Marc et Bénédicte en savourant le calme retrouvé. Quelques grillons s'entêtent à chanter pour ne pas laisser mourir l'été et ils restent un moment en paix à les écouter avant de s'entasser tous les six dans la voiture de Marc pour rejoindre Montpellier. Marc et Bénédicte regardent Loïc et les enfants disparaître dans le hall de leur hôtel et redémarrent, heureux d'être enfin seuls.

La voiture glisse en silence dans l'obscurité. C'est une belle nuit étoilée, de celles que les petits dessinent au pastel jaune sur du papier noir. La journée est finie, la fatigue engourdit leurs sensations. Bénédicte repense à la gentillesse teintée d'une pointe d'ironie qu'Eléonore et Xavier nourrissent à son égard. Elle se sent soudain vieille ou, peut-être, tout simplement, heureuse. Elle tente de se concentrer, de mettre des mots sur ce qui lui arrive mais elle est épuisée et ses idées s'envolent avant même qu'elle les ait formulées. Bénédicte cherche la main de Marc sur le levier de vitesse et la serre dans la sienne. Elle s'endort paisiblement contre la vitre.

En janvier, les nuits sont particulièrement froides. Loïc est de mauvaise humeur, la réunion a lieu de l'autre côté de la frontière et porter une cravate l'exaspère. En se réveillant, il a téléphoné à la plus proche voisine. C'est elle qui a spontanément proposé que Chloé vienne passer ses journées dans sa maison bien chauffée lorsque Loïc doit s'absenter. Il n'y a aucun problème, elle l'attend et, comme le terme approche, il peut partir tranquille, elle saura quoi faire si les choses se précipitent soudain.

Loïc entre dans la chambre pour réveiller Chloé en douceur. Il tapote son épaule, caresse tendrement sa joue mais elle dort d'un sommeil profond. Plus elle s'arrondit et plus elle semble s'enfoncer dans le sommeil comme dans une dune mouvante. Elle finit par ouvrir les yeux et Loïc a le sentiment qu'elle sort d'un rêve un peu effrayant. Chloé grogne, elle ne veut pas se lever, il est trop tôt. Il lui explique qu'il va la déposer chez la voisine, ce qui la réveille tout à fait. Elle ne veut pas y aller, elle n'est pas malade, n'a pas besoin d'une infirmière. Loïc a brusquement le sentiment que le monde entier est contre lui et il pique une colère qui ressemble trait pour trait, sans bien sûr qu'il puisse s'en rendre compte, à celles de Jonathan lorsqu'il tapait du pied après qu'on lui avait refusé une chose à laquelle il tenait. Il tire sur la couette en ordonnant à Chloé de se lever sur un ton qui se voudrait autoritaire mais qui n'est, finalement, rien d'autre qu'agressif. Elle se dresse à grand-peine sur ses coudes pour s'asseoir. Elle est nue, elle frissonne et le regarde droit dans les yeux.

"Si tu veux que j'accouche dans les cinq minutes, continue comme ça… Et tape-moi sur le ventre aussi, tant que tu y es…

— Excuse-moi, je suis désolé… Je m'inquiète pour toi, c'est tout…

— Inquiète-toi plutôt pour toi et fous-moi la paix. Laisse-moi dormir."

Loïc sort de la chambre à reculons. Il enfile son anorak, prend son cartable et claque la porte derrière lui. Il laisse couler ses larmes en s'acharnant sur la raclette pour dégivrer le pare-brise et pose son téléphone en évidence sur le siège du passager avant de démarrer. Ces dernières semaines ont été éprouvantes et les scènes comme celle qu'il vient de vivre se sont succédé à un rythme trop soutenu à son goût, comme s'il sentait pour la première fois depuis longtemps le poids de choses qui le dépassent mais se conjuguent pour perturber son bonheur retrouvé. Loïc avait naïvement espéré que l'arrivée de cet enfant allait chasser ses vieux fantômes. Presque toutes les nuits, il rêve de Jonathan. Et puis, avant la naissance, Loïc a voulu livrer une ultime bataille. Il est enfin parvenu à réconcilier Chloé avec sa mère. Elle a fini par accepter qu'elle vienne leur rendre visite quelques jours. Mais cette victoire a un goût amer. Elles se sont retrouvées avec courtoisie, sans agressivité mais avec froideur, comme si chacune craignait de se laisser entraîner de nouveau au cœur de leurs anciens conflits. Christine ressemblait à une vieille adolescente qui refuse de voir passer le temps : le cheveu trop clair, la jupe trop courte, le maquillage trop appuyé… Elle paraissait incapable de s'intéresser à autre chose qu'à elle-même. L'arrivée du bébé n'a pas semblé l'émouvoir outre mesure, elle a seulement demandé s'ils avaient déjà acheté tout ce dont ils auraient besoin parce qu'il ne s'agissait pas d'attendre la dernière minute. Plusieurs fois pendant son séjour elle a demandé à sa fille si elle la trouvait changée en tirant sur ses joues. Loïc a pris le temps de lui parler, de lui signifier ce qu'il avait prévu après l'accouchement afin d'éviter que Marc et Christine ne se croisent mais elle l'a écouté d'une oreille distraite.

"Oh, vous savez, ce n'est pas à la minute… Faites-le venir d'abord puisque c'est votre ami. Moi, je peux bien attendre un peu pour voir le bébé, qu'est-ce que ça change ? Vous savez, au début, il ne me verra même pas, alors…"

Loïc n'a pu s'empêcher de penser à Marc et toute la douleur de l'histoire qu'il lui avait confiée un jour d'hiver l'a soudain assailli. Les drames qui les avaient rapprochés dans l'espoir de les surmonter ensemble se refermaient sur Loïc de façon implacable. Et lorsque Christine est repartie, tout a basculé. Chloé avait cédé à ses injonctions, elle avait revu sa mère mais plus rien ne semblait l'atteindre. Elle attendait la naissance.

Pendant tout le trajet, Loïc a espéré que Chloé l'appelle pour qu'ils se réconcilient mais il a franchi la frontière sans qu'aucune sonnerie retentisse.

Il se gare devant le bâtiment immaculé où on l'a convoqué et décide de prévenir avant le début de la réunion qu'il laissera son téléphone allumé pour que sa femme puisse le joindre en cas d'urgence.

Chloé se lève tard et, non sans difficulté. Elle se sent lourde comme jamais, son ventre la gêne. Elle y pose les deux mains avec le sentiment que quelque chose vient de changer. L'enfant répond à ses appels, il bouge mais ses déplacements semblent entravés, ce sont plutôt des tressautements. Son ventre lui fait mal, c'est une douleur sourde qui ne ressemble pas à ce qu'elle imagine des contractions. Chloé ne réfléchit plus, elle a du mal à respirer, elle doit sortir prendre l'air. Elle enfile un manteau et des bottes et se précipite à l'extérieur de la maison. Elle tourne à gauche pour prendre le sentier qui monte entre la scierie et la maison abandonnée, elle ne veut pas qu'on la voie dans le village. Depuis qu'elle a trouvé ce chemin juste derrière la maison, elle se sent un peu plus libre. Elle peut désormais faire deux pas hors de chez elle sans que tout le monde le sache. Il monte rapidement entre les arbres pour rejoindre des routes forestières qui ne sont pas exploitées à cette saison à cause de la neige.

Chloé serre les pans de son manteau mais le froid la revigore, elle sent moins la douleur qui lui vrillait le ventre il y a encore un instant. Elle avance vite et ses bottes font craquer la neige. Elle ne sait pas où elle va mais elle sait qu'elle doit marcher. Elle marche vite et son souffle devient court. Au moment où elle s'engage sur un petit sentier que rien ne signale sinon le groupe de rochers qui le surplombe, elle a le sentiment d'être suivie. Elle se souvient de l'itinéraire qu'ils ont emprunté avec son père le jour du pique-nique, même sans balises, elle parvient à se repérer. Après les rochers, le sentier décrit une courbe en direction de la clairière en contrebas. Au début, Chloé n'a pas vraiment peur, elle se demande seulement s'il s'agit d'un humain ou d'un animal et elle pense que l'identifier pourrait la rassurer mais, en se retournant, elle ne distingue que la blancheur de la neige. Ce n'est ni une personne ni une bête, plutôt une présence. Quelque chose colle à ses talons et elle doit se dépêcher pour prendre ses distances.

Chloé accélère encore, elle ne sent plus ni le froid, ni la fatigue, ni son cœur qui s'emballe. Elle court presque maintenant et s'enfonce un peu plus profondément dans la neige à chaque pas. Le froid traverse la fine pellicule de caoutchouc de ses bottes et monte dangereusement sous sa jupe. Son manteau laisse passer le vent, ses côtes et son ventre en deviennent presque insensibles mais la présence est toujours là, dans son dos.

Dans sa course, Chloé ne voit pas le tronc d'arbre qui barre le sentier et elle tombe en avant. Son visage s'enfonce dans la pellicule poudreuse et la morsure du froid l'empêche de reprendre son souffle. Elle n'a pas la force de se relever mais ses bras lui permettent de redresser la tête pour ramper. Elle parvient tout juste à parcourir un mètre ou deux vers le haut de la pente mais les douleurs dans son ventre deviennent insupportables et elle s'arrête net. Chloé pousse un cri strident qui résonne longuement d'un versant à l'autre. Au prix d'efforts surhumains, elle parvient à se retourner sur le dos et, à l'instant même où sa colonne vertébrale s'enfonce dans la neige, elle comprend qu'elle n'en ressortira plus. Elle essaie encore de crier mais sa voix est trop faible pour hurler sa douleur. Ce sont maintenant des gémissements de bête que la montagne étouffe. Au moment où tout son corps semble se déchirer, Chloé trouve encore la force de pleurer. Elle se débat, ses bras écorchent la surface blanche et glacée, la douleur étouffe toute pensée, toute sensation. Chloé n'a même pas le temps d'avoir peur.

A deux pas de la crête, sur le versant qui mène à la cabane de bûcheron, le corps de Chloé gît inanimé, déjà raidi par le froid. A ses pieds, entortillé dans son cordon ombilical, un nouveau-né de sexe masculin est tourné face au ciel mais ses yeux restent obstinément collés. Le petit corps tout bleu est figé dans une horrible grimace de douleur. Tout autour, la neige souillée de sang porte les traces d'une lutte qui vient de prendre fin.

# TABLE

8223

Composition Emma Publishing
Achevé d'imprimer en France ( Manchecourt)
par Maury-Eurolivres
le 11 janvier 2007.
Dépôt légal janvier 2007  ISBN 2-290-32379-3
EAN 978-2-290-32379-3

Éditions J'ai lu
87, quai Panhard-et-Levassor, 75013 Paris
*Diffusion France et étranger : Flammarion*